Tout commença qua... partit à la recher...

Tout commença quand Clara Simon partit à la recherche d'une clé

Roman

écrit par Estelle Erard

ISBN-13: 978-1542720434
ISBN-10: 1542720435

A Guillaume, merci pour tes encouragements tout au long de l'écriture de ce roman.
Et à Ariane, Clara et Lucas.

1

Clara était une tête de linotte, elle le savait depuis longtemps, mais cette fois, c'en était trop !

Depuis deux mois elle cherchait cette clé, et bien qu'elle fût volontaire et motivée, elle sentait que cette recherche lui pesait de jour en jour. Elle ouvrit à nouveau les huit tiroirs de sa chambre, sortit tous les livres de sa bibliothèque pour inspecter minutieusement chaque étagère, enleva toutes les housses de ses coussins pour en vérifier le contenu, mais ne trouva rien. Cela ne fait qu'une recherche infructueuse de plus, pensa-t-elle. Elle prit les coussins, les serra fortement contre elle et se laissa tomber sur son lit. Il était cinq heures de l'après-midi, le soleil filtrait à travers les persiennes.

Elle regarda alors la boîte posée sur son bureau et se jura que rien ne l'arrêterait, même malgré la fatigue, et qu'elle retrouverait cette fichue clé.

Clara Simon était une jeune et belle jeune fille de trente et un an, gracieuse et élancée parce qu'elle avait fait seize ans de danse classique, brune aux cheveux mi-longs, aux yeux marrons clairs, d'un tempérament spontané et énergique. Et comme disait la plupart de ses proches, quand Clara avait une idée en tête, rien ne pouvait l'arrêter !

Elle était là, allongée sur son lit, et pensa à nouveau à tous les endroits déjà visités dans la maison de sa mère. Franchement, cela devenait une bataille de retrouver cette clé !

Elle se remémora son premier jour de recherche dans le grenier et, où, bien cachée dans une immense malle en bois exotique, elle avait retrouvé son déguisement de fée des papillons. Elle sourit au souvenir de la bonne fessée qu'elle avait reçue à l'âge de huit ans quand elle avait décidé de faire voler les papillons en sautant à pieds joints depuis la fenêtre de sa chambre qui se trouvait au premier étage. Elle avait eu beaucoup de chance ce jour-là d'atterrir sur le lit de feuilles mortes que venait juste de regrouper son père, mais la chance l'avait abandonnée quand elle releva la tête, et vit que ses deux parents la regardaient d'un air ébahi. Ramasser toutes les feuilles éparpillées, ne plus mettre son déguisement de fée des papillons pendant un mois, et écrire cinq pages de lignes « Je ne dois plus sauter par la fenêtre de ma chambre car je ne peux pas voler », furent sa punition. Elle s'en était plutôt bien sortie.

La journée de recherche qui l'avait rendue la plus mélancolique fut celle passée dans l'atelier de son père. Michel Simon était ébéniste et son atelier n'avait pas bougé depuis sa mort. Des esquisses étaient encore posées avec soin sur son établi, représentant un chiffonnier que lui avait demandé son épouse. Des morceaux de nacre étaient rangés dans une boîte et devaient ornementer le meuble. Tous les instruments étaient minutieusement accrochés aux murs ou posés sur des tables. Clara avait compté le nombre de serre-joints, équerres, rabots, et s'était arrêtée aux ciseaux à bois tant le nombre d'outils était important. Du bois était également entreposé et devait servir à confectionner d'autres beaux meubles, mais ces meubles ne virent jamais le jour car Michel Simon avait été emporté par une crise cardiaque il y avait trois ans.

Clara chassa ce souvenir car elle sentit les larmes lui monter aux yeux, et aujourd'hui, elle n'avait pas envie de pleurer mais plutôt trouver le courage de continuer sa recherche.

Quelqu'un frappa à sa porte et la fit sortir de ses pensées heureuses et tristes.

— Oui ? dit-elle.

— Salut sœurette ! Tu es encore dans ta chambre à cette heure-là ! Tu as décidé de rivaliser avec Madame Bataillin et d'être la femme à la peau la plus blanche du quartier ? Son frère Guillaume entra avec précipitation et vint s'assoir à côté d'elle. Il était de trois ans son ainé, et mesurait également trois centimètres de plus que sa sœur. La bataille de la taille fut rude mais il gagna à l'âge de dix-neuf ans ; Clara, vexée, ne lui avait d'ailleurs pas adressé la parole pendant cinq jours. C'était un homme avec du charme, célibataire qui préférait jusqu'à maintenant ne pas s'attacher et conquérir le cœur de jeunes femmes qui ne recherchaient pas non plus l'âme sœur.

— Tu devrais plutôt te trouver une femme aimante à marier plutôt que venir me faire sursauter dans ma chambre, lui dit Clara boudeuse.

— Ah figure-toi que c'est en bonne voie ! lui dit Guillaume enthousiaste.

— C'est vrai ? cria Clara.

— Bien sûr que non, pouffa-t-il.

Clara envoya un coussin avec force sur la figure de son frère et soupira bruyamment.

— Bon tu te prépares ? Je t'emmène faire un tour en ville.

— Je n'ai pas envie de sortir, répondit Clara, et là, je m'apprêtais à passer au peigne fin la chambre du fond.

— Ne me dis pas que tu cherches encore cette clé, mais c'est complètement stupide ! Peux-tu me rappeler ce que contient ta boîte, ma chère sœur ?

Clara sentit la chaleur lui monter aux joues, mais n'éclata pas de colère et en serrant les dents expliqua pour la vingtième fois :

— Je ne m'en rappelle plus, et tu le sais très bien, mais si je l'avais fermée à l'époque, c'est qu'elle devait contenir un trésor inestimable !

— Non mais tu te rends compte ! Tu avais environ quinze ans, la moitié de ta vie ! Tout ce que tu avais pu mettre à cet âge-là, devait être un flacon de vernis, un rouge à lèvres volé à maman, ton horrible doudou lapin porté disparu depuis, ton maillot de bain à fleurs violettes, deux pièces, qui ne servait à rien tant tu étais plate, ou un chewing-gum qu'aurait mastiqué Peter O'Brian le plus beaux gosse du collège ! Clara soupira et pensa que cela ne servirait à rien d'argumenter davantage.

— En plus, toi aussi, tu devrais profiter de tes deux mois de vacances, puisque tu es prof et que par définition un prof travaille la moitié de l'année seulement, pour te trouver un homme aimant à marier !

Là, c'en était trop, Clara prit le bras de son frère et l'entraina avec vigueur en dehors de sa chambre puis claqua la porte. Elle l'entendit crier en descendant les escaliers qu'à force de rechercher une clé qui devait maintenant avoir été recyclée en tondeuse à gazon, elle finirait vraiment par devenir encore plus blanche que Madame Bataillin et qu'elle pourra participer au concours du plus beau fantôme au prochain défilé d'Halloween !

Clara se regarda dans la glace et vit qu'en effet son frère, même s'il n'était pas tendre, avait raison. Elle était pâle, avait perdu les yeux pétillants qu'elle avait encore il y a deux mois, et ses rides se faisaient de plus en plus visibles. Ses cheveux n'avaient pas été coupés et entretenus depuis longtemps et en plus du concours de fantôme, elle pourrait s'inscrire à celui de sorcière aux cheveux crépus. Elle savait que sa séparation avec Marc l'avait vraiment éprouvée. Marc Legrand, professeur de français tout comme elle au lycée Saint Exupéry de Lyon. Ils s'étaient rencontrés à la rentrée de septembre et ne s'étaient plus quittés jusqu'au cinq mai, date à laquelle il lui avait annoncé sa mutation en Guyane. Elle ne savait même pas qu'il avait postulé pour un poste en dehors de la métropole. Elle lui avait accordé sa confiance et ils avaient vécu de merveilleux moments ensemble. Elle s'était installée dans son petit appartement Rue des Frères Lumière, un trois pièces meublés avec beaucoup de goût, car du goût Mathieu en avait, et cette fois Clara le savait, même pour les voyages ! Son annonce de départ l'avait profondément bouleversée car ils avaient discuté de tant de projets, de vacances dans les îles, d'achat de maison, et même de fiançailles. Clara se souvint même d'avoir ri quand Marc lui avait dit que bientôt il lui offrirait une belle bague qui marquerait la première étape d'une union. Elle lui avait répondu que franchement elle trouvait cela vieux jeu, mais qu'elle serait très heureuse d'avoir une jolie bague en guise de cadeau d'anniversaire ! Elle l'avait présenté à sa mère, qui l'avait trouvé agréable et de bonne famille. Avec du recul, Clara se demandait bien ce que sa mère avait voulu dire par « de bonne famille », mais elle n'avait plus envie de lui demander à présent. Elle n'avait pas eu le temps de le présenter à son frère et à sa petite sœur et heureusement car elle en entendrait encore parler aujourd'hui ! Elle imaginait tout à fait son frère lui répéter jour après jour « Tu vois, tu n'as jamais voulu faire la connaissance de tous mes potes qui étaient raides dingues de toi, et bien ne viens pas pleurer maintenant ! ». Là encore, il aurait eu raison, elle n'a jamais voulu ne serait-ce que discuter dix minutes avec un des amis de Guillaume ; non, mais, elle était bien assez grande pour se trouver un compagnon toute seule, elle n'avait pas besoin de son frère !

Et bien voilà, son entêtement fait qu'en ce mois de juillet, elle était de retour chez sa mère, dans sa maison d'enfance où elle avait passé tant de moments heureux en famille. Cette maison de Saint Jean de Niost, située à quarante kilomètres à l'Est de Lyon allait lui permettre de reprendre des forces, elle le savait. Sa mère avait laissé sa chambre de jeune fille comme elle l'avait quittée lorsqu'elle était partie faire ses études à Lyon. A l'époque, elle logeait dans une chambre d'étudiante la semaine et avait hâte d'être au vendredi soir pour revenir dans cette maison. En été, la fraicheur de ses vieilles pierres, l'odeur de jasmin et de rose émanant du jardin, le bruit sourd qui provenait des champs moissonnés, le chant des oiseaux dès cinq heures du matin, les délicieux repas sur la terrasse, et l'hiver, l'odeur et le crépitement du feu dans la cheminée, les heures de lecture sous une polaire blottie dans le large canapé, les premiers flocons de neige qui l'émerveillaient toujours, étaient pour elle des souvenirs indélébiles.

Clara pensa alors à sa petite sœur. Ariane avait vingt-huit ans, occupait un poste d'infirmière en Pédiatrie à l'Hôpital Saint Pierre à Lyon. Elle était mariée depuis quatre ans à David, qui lui était pompier. Ils s'étaient rencontrés lorsque David avait emmené aux urgences un petit garçon qui s'était coupé le doigt en voulant tailler en cachette les pivoines de son jardin. Ils étaient les heureux parents d'une petite Anaïs, âgée de deux ans et qui était un véritable petit ange. Clara était fière d'être sa marraine et dès qu'elle le pouvait, comme sa sœur habitait à cinq kilomètres de chez sa mère, elle allait chercher Anaïs pour passer du temps avec elle. Clara avait hâte de lui apprendre à faire du vélo, de l'emmener passer des vacances à la mer, ou de lui acheter sa première robe de soirée. Elle l'adorait et Anaïs lui rendait également tout cet amour. Comme disait Ariane, quand Clara était avec Anaïs, elles riaient tant que le monde pouvait s'écrouler autour d'elles, elles ne s'en apercevraient même pas !

Clara sortit de ses pensées, le sourire aux lèvres. Elle avait trouvé un regain d'énergie rien que de penser à sa petite nièce. Ce maudit Marc ne pouvait pas la rendre morose quand elle imaginait tous les câlins qu'elle allait bientôt pouvoir faire à Anaïs.

Elle profita de ce moment de courage retrouvé pour ranger sa chambre, ouvrit la porte, guetta du coin de l'œil la chambre du fond, se promit qu'elle reviendrait d'ici un quart d'heure pour la fouiller à nouveau et descendit les marches de l'escalier menant à la cuisine.

Assise à la table, sa mère buvait un thé, tout en lisant un magazine de jardinage. Marta Simon avait soixante-deux ans mais en paraissait bien moins, elle avait épousé le père de Clara à l'âge de vingt-cinq ans et chacune des naissances qui avait suivi la rendit à chaque fois plus épanouie. Elle avait travaillé comme secrétaire au Cabinet Lebrun Père et Fils, un cabinet de notaires qui se situait à Bourg En Bresse.

Elle avait apprécié toutes ces années de travail, mais était heureuse maintenant de pouvoir se reposer et passer du temps dans son jardin, ou avec ses amis. Et depuis le retour de sa fille, elle prenait soin à ce que Clara ne manque de rien.

Marta sourit à l'arrivée de sa fille dans la cuisine.

— Tu veux du thé ma chérie ?

— Oui, je veux bien maman, mais ne bouge pas, je vais me servir une tasse.

— J'ai entendu ton frère rouspéter contre toi dans l'escalier, il t'a encore mené la vie dure ?

— Oui, comme à chaque fois mais je ne peux pas lui en vouloir, il le fait parce qu'il m'aime, et moi, malgré ces critiques qui n'en finissent jamais, je l'adore aussi, même si parfois, je voudrais lui tordre le coup !

— Pourquoi te grondait-il ? Toujours à cause de cette clé ?

— Oui, encore à cause de cette clé, comme d'habitude !

Clara marqua une pause, but une gorgée de thé, fit la grimace car elle était encore bien trop chaude et sentit les yeux attendrissants de sa mère sur elle.

— Tu sais maman, je me doute bien que tu penses la même chose que Guillaume, que je cherche une clé disparue depuis plus de quinze ans qui ouvre une boîte qui ne doit rien contenir de vraiment précieux, mais je veux que tu saches que cette recherche me fait du bien car non seulement elle me plonge dans des souvenirs doux ou difficiles que je suis heureuse de revivre, mais aussi parce que cela va m'occuper ces deux mois d'été. Et tu vas certainement rire mais je suis certaine que cette clé va m'apporter du bonheur. Et au pire, si je ne la retrouve pas, j'aurai dépoussiéré chaque partie de la maison et tu devrais en être satisfaite.

Marta attendit quelques secondes.

— Tu as terminé ?

— Oui maman, mais je rajouterai juste que cette boîte m'avait été offerte par papa et toi à votre retour de voyage de l'Ile Maurice, que j'y tiens énormément, et que retrouver la clé qui l'ouvre me permettrait de la faire revivre.

— Tu as encore quelque chose à ajouter pour ta défense ? Et Marta se mit à sourire.

— Non, je crois que je n'ai pas d'autre argument en ma faveur.

— Alors laisse-moi te dire maintenant que je ne juge en rien ta recherche entêtée. Pour être honnête, je ne pense pas qu'à quinze ans, tu ais pu y ranger un objet de grande valeur, mais tu sais, la richesse ne se mesure pas en fonction d'un prix et j'espère vraiment que l'ouverture de cette boîte te permettra d'être heureuse.

Marta eut juste le temps de terminer sa phrase et se retourna en entendant les pas pressés de Guillaume qui entrait dans la cuisine.

— Tu penses que ta clé se trouve au fond de ta tasse ? dit-il en regardant sa sœur. Fais attention de ne pas l'avaler, tu risquerais de t'étouffer et c'est moi qui en hériterait et pourrait ouvrir la boîte à ta place !

Clara haussa des épaules et pensa que son frère était vraiment un idiot par moment.

— Arrête d'ennuyer ta sœur s'il te plait, dit Marta.

— Et tu n'as jamais pensé à l'ouvrir avec un marteau ou un pied de biche cette boîte ? ajouta Guillaume sans se soucier de la remarque de sa mère.

— Je n'ai pas envie de l'abimer car je tiens beaucoup à ce cadeau et je ne vois vraiment pas en quoi ma recherche te dérange, répondit sèchement Clara.

— Elle me dérange car tu ne sors plus, tu ne prends plus soin de toi, la seule raison qui te pousse à te lever le matin est de chercher cette clé !

— Et bien moi au moins, j'ai un objectif dans ma journée, et qui n'est pas de critiquer ceux que j'aime, alors laisse-moi explorer la maison de fond en comble si c'est ce que je veux faire sans me répéter toutes les cinq minutes que c'est ridicule ! Et d'ailleurs, tu n'as pas un métier toi ? Moi je ne suis que prof et je me la coule douce soi-disant, mais toi, tu as un métier honorable d'ingénieur informatique et à être toujours fourré ici, tes logiciels de gestion bancaire vont retirer l'argent sur les comptes des clients plutôt que de le faire fructifier ! Et puis comme j'en suis à te dire ce que je pense, le métier de professeur est loin d'être celui que tu imagines, il demande beaucoup de travail de préparation et de correction, une attention de chaque minute quand on fait cours, de l'énergie, de la motivation et beaucoup de créativité. Enfin la créativité, tu ne dois pas savoir ce que c'est, car tu passes ton temps à rabâcher toujours les mêmes phrases !

Marta sourit et pensa à ce que lui avait dit un jour son mari : « Clara saura toujours se sortir des situations les plus difficiles car elle a un tempérament de feu et ne se laissera jamais abattre ». Elle savait que pour le moment, sa fille avait besoin de reprendre confiance en elle et que cette recherche de clé lui permettait de se retrouver pour mieux rebondir.

Guillaume sourit à son tour.

— Très bien sœurette, je ne vais plus te faire aucune critique et même, si je trouve une clé orpheline cherchant désespérément une boîte à ouvrir, je viendrai te l'apporter le plus vite possible.

Clara regarda son frère, sans savoir vraiment si celui-ci était sérieux mais fut soulagée de pouvoir arrêter là cette discussion.

— Très bien, merci pour ta proposition, dit-elle à son frère et je crois même que je vais arrêter mes recherches pour aujourd'hui. J'accepte ta proposition d'aller en ville ensemble si elle tient toujours.

— Et comment ! D'ailleurs, je te propose de nous promener d'abord dans le Vieux Lyon, puis ensuite d'aller diner « A la table des Indes », car je sais que c'est ton restaurant préféré.

— Ca marche, laisse-moi juste le temps de prendre une douche rapide car je ne voudrais pas te faire honte avec les toiles d'araignée dans mes cheveux !

Guillaume proposa à Marta de les accompagner. Celle-ci refusa prétextant qu'elle avait du rangement à faire dans la maison, mais il savait très bien qu'elle voulait les laisser seuls partager ce moment de complicité.

Clara remonta dans sa chambre, prépara une robe légère à fleurs roses et blanches sur son lit, sortit sa boîte de maquillage qui était resté au fond de son sac de voyage depuis deux mois, tout comme son parfum d'ailleurs. En cette fin d'après-midi, elle avait envie de se faire belle, et ce sentiment rendit son cœur léger. Elle n'avait pas ressenti depuis tellement longtemps cette émotion qu'elle en fut étourdie. Ses yeux se posèrent sur la boîte, elle était si belle et à chaque fois qu'elle la regardait, elle revoyait son père la lui offrir, un large sourire au visage. Il lui manquait tant.

Elle posa sa main droite sur les galets de verre qui encerclaient le couvercle et se mit à les effleurer doucement ; ils étaient transparents et teintés d'un vert émeraude qui devait certainement ressembler à la couleur de l'eau de l'Océan Indien qui entourait l'Ile Maurice. La boîte était en bois de palissandre et sur le couvercle était gravé un dauphin. Les quatre côtés de la boîte étaient incrustés de morceaux de nacre. Ses parents lui avaient raconté qu'un matin, ils s'étaient levés tôt, avait embarqué sur un bateau à moteur à Rivière Noire, puis après avoir navigué pendant une quinzaine de minutes, ils s'étaient équipés de masques et tubas. Ils avaient alors plongé dans une eau cristalline et avaient eu la chance de pouvoir apercevoir une trentaine de dauphins nager non loin d'eux. Son père avait acheté pour l'occasion un appareil photo allant sous l'eau, mais les mammifères nageaient tellement vite, que les seules images qu'ils avaient gardées, étaient celles gravées dans leur mémoire.

Ses parents adoraient voyager, et leur plus beau voyage fut la découverte du Sri Lanka, accompagnés de leur guide Dinesh. Ils avaient visité beaucoup de pays et Clara aimait les écouter raconter leurs excursions. Ils avaient pu commencer à s'évader lorsque Clara eut fini ses études et elle n'avait pas eu l'opportunité de pouvoir les accompagner lors d'un de leurs séjours. Ses deux seuls voyages se résumaient à une semaine de voyage scolaire à Londres, puis une seconde à Madrid. Clara se dit qu'après avoir retrouvé sa clé, quelques jours de vacances au soleil ne lui feraient pas de mal.

Un frappement de porte la fit sursauter, ses pensées avaient dû l'absorber un certain moment.

— Entre Guillaume, je suis présentable !

Guillaume entra d'un pas très pressé.

— Mais comment sais-tu que c'est moi ?

— Il n'y a que toi qui es capable de me faire sursauter deux fois de suite en une après-midi rien qu'en frappant à ma porte, désolée je ne suis pas encore prête, mais je vais me dépêcher.

— Tiens regarde ce que j'ai trouvé, dit Guillaume, en brandissant fièrement un objet au-dessus de sa tête.

— Baisse voir un peu que je puisse découvrir ce que tu as trouvé et qui te met dans un tel état d'excitation ?

Clara découvrit alors une barrette à chignon bien serrée entre les doigts de son frère.

— Cet objet si délicat ne pourra pas faire de mal à ta boîte mais va certainement nous permettre de l'ouvrir ! dit Guillaume, d'un ton toujours aussi explosif.

Clara pensa qu'en effet sa boîte ne subirait pas de mauvais traitement avec ce morceau de métal si fin, et décida de faire confiance à son frère.

— Très bien, dit-t-elle, je te laisse essayer mais promets-moi de prendre autant de précaution que si cette serrure était une balle de baseball d'un de tes joueurs préférés.

— Je ne joue pas au baseball mais au hockey mais d'accord, j'ai compris la comparaison.

Guillaume inséra délicatement la barrette dans la serrure, tourna à gauche, puis à droite, enfonça la barrette puis la retira, répéta ces mouvements plusieurs fois de suite mais la boite ne s'ouvrit pas.

— Cela semble tellement facile dans les films ! s'exclama-t-il, énervé.

— Oui mais dans les films, les spectateurs n'ont pas le temps d'attendre vingt minutes que la serrure s'ouvre, laisse tomber, mais c'est gentil d'avoir essayé.

Guillaume s'entêta, continua encore à tourner dans tous les sens le morceau de métal dans la serrure, pesta mais la boîte ne s'ouvrit pas.

— A croire que cette serrure a été installée sur cette boîte dans le but de ne jamais l'ouvrir ! finit-il par crier.

En entendant son frère dire cela, un souvenir revint subitement en mémoire à Clara. Elle revit son père changer le système de serrure de sa boîte, le premier ayant été trop fragile et ayant cassé quelques ouvertures et fermetures effectuées. Son père avait fièrement annoncé à sa fille que cette nouvelle serrure ne pourrait pas se faire pirater facilement par le premier voleur de boîte qu'elle croiserait. Elle regarda son frère et ne sut pas si elle devait lui dévoiler ce souvenir qui maintenant se faisait de plus en plus réel. Tête de linotte, elle était, et tête de linotte, elle resterait.

— Oups, dit-elle.

— Quoi, oups ?

— Je viens de me rappeler un fait marquant sur la vie de cette boîte mais je doute que la nouvelle te fasse plaisir. Tout ce que je peux te dire, c'est que tu devrais faire comme moi, prendre une bonne douche qui te rafraichira avant de passer une belle soirée en compagnie de ta sœur adorée. Je te laisse la salle de bain qui se trouve à l'étage, ta douche n'en sera que plus confortable, et moi, je vais me contenter de la salle d'eau du bas. Tu as tellement été un frère formidable ce soir que je veux te rendre la pareille.

— Très bien, je ne te demanderai pas pourquoi il est certain que je m'efforce à ouvrir cette boîte pour rien, et tu as raison, vu les gouttes de transpiration qui coulent sur mon front, je vais aller prendre une bonne douche et ceci dans la plus belle salle de bain de la maison !

Guillaume jeta la barrette à présent tordue dans la corbeille sous le bureau, puis sortit sans parler, d'un pas bien moins vif qu'à son arrivée.

Clara regarda son frère partir et pensa que cette fois-ci, elle devait s'activer pour passer une belle soirée avec lui. Elle prit ses affaires puis descendit à la salle de bain du rez-de-chaussée. L'eau qui coula sur son corps lui fit beaucoup de bien, et malgré l'étroitesse du bac à douche, elle profita pleinement de ce moment de bien-être. Savoir que son frère essayait de l'aider signifiait qu'il ne trouvait pas complètement grotesque cette recherche de clé et elle sourit en repensant à celui-ci s'affairant à ouvrir sa boîte.

Vingt minutes plus tard, frère et sœur étaient prêts à partir, un baiser à Marta et ils partirent en voiture direction le Vieux Lyon. Guillaume conduisit et Clara, en bon co-pilote choisit la musique de leur court trajet. Elle eut le temps d'entamer plusieurs tubes qu'elle affectionnait, et fut même surprise d'entendre son frère chantonner avec elle. La soirée s'annonçait bien.

2

Guillaume gara la voiture non loin de l'ancien Palais de Justice, puis ils marchèrent rue Saint-Jean. Clara appréciait se promener dans le Vieux-Lyon. Elle ne s'y était pas aventurée depuis plusieurs mois et ne manqua pas une vitrine de boutiques. Elle entra dans un magasin de senteurs et après avoir humé une vingtaine de bâtons d'encens, en acheta au Jasmin, et à la Fleur de Frangipanier. Guillaume l'accompagnait sans broncher et offrit même à sa sœur les savons s'accordant avec les bâtons sélectionnés. Il était bientôt dix-neuf heures et ils arrivèrent rue du Bœuf, il n'était plus qu'à cinq minutes à pied du restaurant.

Guillaume demanda à sa sœur s'ils pouvaient rendre visite à son ami Pierre Maillot, brocanteur au numéro 10 de la rue.

— Tu te souviens de Pierre Maillot ? lui demanda-t-il.

— Pierre Maillot… répondit Clara, en réfléchissant à haute voix, et bien non pour être honnête, c'est un de tes amis proches ?

— Nous étions ensemble à l'école primaire mais ses parents ont déménagé à Lyon
lorsque nous sommes rentrés au collège. Nos chemins se sont donc séparés là. Il y a deux ans, je me suis inscrit sur Facebook, et nous avons repris contact. Pierre est toujours célibataire comme moi.

— Stop !, cria Clara, tu ne vas pas m'emmener là-bas pour me le présenter ! Je refuse de te suivre ! Tu es incorrigible !

— Eh pas de panique sœurette, tu n'as rien à craindre. Lui se souvient de toi, mais il te trouvait boulotte et effrontée à l'époque, alors tu vois tu peux me suivre sans avoir peur qu'il te saute dessus au premier regard !

— Boulotte et effrontée quand j'avais huit ans ? Je sais que j'oublie pas mal de choses mais je ne me rappelle pas avoir été comme le décrit ton ami Paul, dit Clara boudeuse.

— C'est Pierre et pas Paul.

— Je m'en fiche, de toute façon, je ne lui adresserai pas la parole.

Guillaume conduisit donc sa sœur jusqu'à la boutique « Une envie d'ailleurs ». Clara se tut le reste du parcours à pied, et ne sourcilla même pas quand un pigeon décida de prendre son envol quelques centimètres au-dessus de sa tête. Son frère lui, sursauta et tapa des mains pour faire déguerpir l'oiseau. Ils arrivèrent devant une vitrine où s'étalaient un nombre impressionnant d'objets venus apparemment du monde entier car chaque pièce possédait sa propre étiquette explicative. De la vaisselle en terre cuite du Portugal, des napperons brodés mains de Crète, un éléphant en Wengé du Cameroun, un ukulélé d'Hawaï ; Clara n'eut pas le temps d'admirer plus longtemps cette devanture si instructive car Guillaume la poussa à l'intérieur du magasin. Ses yeux restèrent tout autant admiratifs quand elle découvrit l'intérieur de la boutique. Chaque objet avait trouvé sa place et était équipé d'un petit carton expliquant sa provenance et sa date de création. Elle voulut alors demander à son frère comment son ami Paul ou Pierre avait pu dénicher tous ces objets plus extraordinaires les uns que les autres, mais elle avait fait vœu de silence... Vraiment parfois, sa spontanéité et son manque de calme l'énervaient sérieusement !

Un homme de la même taille que son frère, mais bien moins musclé, les cheveux marrons et courts, bien coiffés mais sans originalité, portant des petites lunettes noires et rondes vint à leur rencontre. Clara sourit intérieurement et pensa que si elle avait croisé cet homme dans la rue, elle aurait parié qu'il était historien ou brocanteur. Il se souvenait d'elle comme « boulotte et effrontée » car à l'âge de onze ans, il devait certainement déjà porter des lunettes mal adaptées à sa vue ! Clara haussa les épaules puis se dirigea sur la droite de la boutique et fit semblant de s'intéresser à une cornemuse d'Irlande datant de 1586.

Guillaume salua et serra la main de son ami avec un large sourire.

— Salut Pierrot, comment vas-tu ?

— Salut Guillaume, pas mal, toujours bien occupé et toi ?

— Bien occupé aussi, mais ce soir, je sors ma petite sœur au restaurant !

Clara leva la tête vers les deux hommes, leur adressa un sourire coincé, puis baissa immédiatement les yeux sur un luth turc de 1951.

— Je ne savais pas que ta sœur aimait la musique, je peux lui montrer d'autres instruments très intéressants, musicalement parlant je veux dire.

— Et bien, je suppose que ma sœur vient de se découvrir un intérêt pour les instruments à vent et …à cordes. Il vaut peut-être mieux la laisser pleinement jouir de ce moment de découverte et d'évasion seule. Bon, raconte-moi plutôt ta dernière escapade en Espagne, qu'as-tu déniché de beau là-bas ?

Pierre se mit donc à raconter son voyage et profita de la présence de son ami pour lui faire découvrir ses dernières trouvailles.

Clara les écoutait discuter de loin et prit soin de ne plus se diriger vers aucun instrument de musique. Elle n'avait surtout pas envie de donner l'occasion à Pierre de venir lui parler ! Son regard fut alors attiré par un vase en verre craquelé dans les tons vert émeraude, la même couleur que les galets ornant sa boîte. Elle chassa vite le souvenir de celle-ci car ce soir, elle ne souhaitait pas se torturer l'esprit ! Le vase était posé sur un guéridon français datant de 1634, qui comportait un petit tiroir. Clara essaya de l'ouvrir mais celui-ci était fermé. Pierre qui surveillait toujours Clara tout en discutant avec son ami, s'approcha d'elle.

— Le meuble est fermé mais j'ai une clé ouvrant le tiroir dans ma caisse enregistreuse. Je n'en ai qu'une, c'est pour cela que je la garde précieusement. En général, j'achète un meuble avec deux clés mais pour ce guéridon, la seconde a dû être perdue. Veux-tu que j'aille la chercher et que j'ouvre ce tiroir ?

— Non, non, pas la peine de te déranger, mais c'est gentil de l'avoir proposé.

Clara fit un sourire des plus solennels à Pierre, puis se dirigea vers la porte de sortie.

— Je t'attends dehors Guillaume pour que tu puisses tranquillement terminer ta conversation avec ton ami. Au revoir, Pau…Pierre et très bonne soirée !

Elle sortit puis alla s'assoir sur un banc en face de la boutique. Il faisait encore bon, Clara ferma les yeux pour profiter des derniers rayons de soleil sur son visage. Elle repensa à ce petit guéridon qu'elle venait de découvrir. Elle aurait bien voulu demander son prix pour l'offrir à sa mère en remerciement de tout le temps passé chez elle, mais elle n'avait pas eu envie de nouer une conversation avec l'ami de son frère. Celui-ci aurait été trop content de voir que sa supercherie avait fonctionné ! Et puis, ce soir, elle ne désirait pas s'imposer de contraintes et discuter avec ce Pierre en aurait été une. Elle attendit donc patiemment que son frère sorte du magasin et la rejoigne.

— T'as vraiment un sale caractère ! lui dit-il.

— Pourquoi me dis-tu cela ? J'ai été polie, et j'ai davantage parlé que ce que j'avais prévu !

— Je te connais et je sais que ce guéridon t'intéressait alors pourquoi n'as-tu pas demandé son prix à Pierre ?

— Parce que son prix aurait certainement été bien au-dessus de mes moyens, tu sais, non seulement le métier de prof est un métier naze, mais en plus il ne paie pas ! Bon, tu comptes me gronder toute la soirée ou peut-on arrêter là cette conversation ?

— Ok, t'as gagné, on arrête là mais sache que ce pauvre Pierre va se demander toute la soirée ce qu'il a bien pu faire pour te rendre si froide !

— Tu te rappelles « boulotte et effrontée », c'est pas mal ça pour vexer quelqu'un !

— Bon d'accord, j'y suis peut-être allé un peu fort sur ce coup-là, tu n'étais pas boulotte mais juste un peu enveloppée, dit Guillaume en souriant.

Clara soupira. Vraiment son frère n'arrêterait jamais de la taquiner !

Ils arrivèrent au restaurant, et s'installèrent sur la terrasse donnant sur une magnifique cour intérieure en pierre, mise en valeur par un éclairage ciblé, créant une atmosphère feutrée ou très lumineuse. Clara commanda un poulet tikka masala et Guillaume, un poulet tandoori. Ils dinèrent tout en discutant d'un tas de sujets, mais tous deux veillèrent à ne pas parler ni de clé, ni d'amour perdu, et bien sûr ni du métier de professeur. Le portable de Guillaume sonna et celui-ci s'excusa auprès de sa sœur, puis sortit du restaurant pour ne déranger personne. Clara regarda son frère fermer la porte du restaurant puis se demanda où elle avait bien mis son téléphone. Depuis que Marc était parti, elle ne l'avait pas allumé, au grand désespoir de sa famille qui n'arrivait jamais à la joindre si elle n'était pas chez sa mère. Elle pensa que d'autres personnes avaient certainement essayé de l'appeler et qu'elles devaient la trouver bien impolies de ne pas rappeler. Et bien tant pis, elle expliquera à chacun de ses amis, ou autres, qu'elle était partie faire une cure de désintoxication de « Marc Legrand » et qu'elle n'avait pas eu le droit de parler pendant deux mois pour mieux se recentrer sur elle-même ! Elle regarderait ce soir en rentrant, si son portable était dans son sac de voyage, sinon, elle ferait paraître un avis de recherche. Guillaume revint à table et sortit sa sœur de ses pensées.

— Excuse-moi Clara, mais cette nuit, au travail, nous mettons en production un nouveau logiciel de gestion et l'équipe avait un problème.

— Et le problème est résolu ?

— On va dire que oui, jusqu'au suivant !

— J'ai vraiment passé une belle soirée, je crois que ces moments rien qu'avec toi me manquaient.

— Eh, est ce que ma petite sœur adorée serait en train de me dire qu'elle apprécie ma compagnie ? Très bien, je saurai te le rappeler à ta prochaine colère contre moi !

— Si je me mets en colère, c'est parce que tu le mérites, dit-elle en souriant.

Ils terminèrent le dîner par un thé Chai fait à base d'épices, puis retournèrent à la voiture. Guillaume déposa sa sœur puis rentra chez lui dans son deux pièces, rue Grenette à Lyon.

Il était 23H30 et Clara n'était encore pas assez fatiguée pour aller se coucher. Elle se prépara une tisane aux fruits rouges. Sa mère dormait déjà. Elle prit sa tasse et s'installa sur un transat dans le jardin. Des boules en verres lumineuses accrochées à des piquets en fer forgé bordaient la terrasse et formaient un décor romantique. Elle ferma les yeux et respira l'odeur que la nuit dégageait, une odeur corsée et humide, provenant des fleurs, des arbres et du gazon fraichement tondu. Elle se sentait légère et repensa à sa soirée qu'elle avait pleinement appréciée. Demain, elle serait à nouveau prête à fouiller les moindres recoins de la maison. Clé, je te trouverai, car je suis certaine que tu es quelque part cachée non loin de là ! Tu n'échapperas pas à l'inspecteur Clara Simon, détective de choc et qui ce soir était très chic ! Elle s'assoupit. Au petit matin, Marta, vint la recouvrir d'un plaid et sourit en voyant que sa fille s'était endormie, sa tisane à la main, et un petit sourire apaisé au visage. Elle devina que la soirée avait dû être des plus agréables et se sentit heureuse pour sa fille.

Clara fut réveillée par le chant un peu trop sonore d'un merle. Elle posa sa tasse, fut surprise d'avoir été capable d'en garder le contenu intact toute la nuit, et s'étira. Une bonne douche lui ferait du bien. Elle alla embrasser sa mère, lui raconta rapidement sa soirée. Marta savait que les moments de complicité entre frère et sœur ne pouvaient pas se partager et ne posa pas de question. La douche prise, elle descendit à la cuisine où un bon café très odorant l'attendait.

— Hum, il sent rudement bon ton café maman.

— C'est ta tante Julie qui l'a rapporté du Brésil lors de son séjour à São Paulo, il est assez corsé et je suis certaine que tu vas l'apprécier.

Clara servit une tasse à sa mère, et une seconde pour elle. Elles s'installèrent sur la terrasse, confortablement assises dans des fauteuils en rotin, recouverts de beaux coussins dans les tons pourpre.

— Hier, nous sommes allés voir un ami de Guillaume qui tient une brocante dans le vieux Lyon, dit Clara, et j'ai remarqué un guéridon ancien datant du XVIIème siècle. J'ai hésité à te l'acheter car je ne savais pas si ce meuble allait te plaire. Les meubles que tu choisis sont en général inspirés par tes voyages. Penses-tu qu'un meuble français de style ancien trouverait sa place dans la maison ?

— Pour être honnête, j'aime l'intérieur de cette maison car je voyage en me promenant à travers les diverses pièces. Avec ton père, nous avons rapporté à chaque fois un meuble du pays ou de l'île que nous avons visité. Un meuble ou un objet, comme par exemple l'éléphant en ébène que j'ai placé à côté du canapé. Et puis, je n'apprécie pas le style ancien, alors tu as bien fait, ma chérie, de ne pas me l'acheter. Et puis une autre chose, tu n'as pas à me remercier de loger dans cette maison. Chaque matin, je me lève ravie à l'idée de partager un café avec toi, ou de t'entendre rouspéter car tu as passé une journée à chercher ta fameuse clé et que tu ne l'as encore pas trouvée. Mon cadeau, c'est ta présence, rien de plus.

Clara avait les larmes qui lui picotaient les yeux, mais elle se reprit. Elle avait beaucoup de chance d'avoir une famille comme celle-ci.

— Très bien maman, et puis, le tiroir du guéridon ne s'ouvrait qu'avec une clé, alors quand je vois le mal que j'ai à retrouver la mienne, il vaut mieux en avoir deux !

— Ah bon ? C'est étonnant que Pierre ait acheté ce meuble avec une seule clé, il est tellement pointilleux.

— Oui, apparemment, la deuxième clé avait été perdue, mais il devait bien apprécier ce meuble, alors, il l'a tout de même acquis.

— Perdre une clé, c'est quelque chose qui ne serait jamais arrivé à ton père ! dit Marta en souriant.

— Pourquoi dis-tu cela ?

— Et bien quand ton père fabriquait un meuble avec une serrure, il prenait soin d'en installer une avec au moins un double des clés et si celle-ci n'existait pas ou plus, il emmenait la clé chez Bruno, le serrurier de Sainte Julie, pour qu'il la reproduise. Je peux te dire que de nombreux clients l'ont remercié car une clé se perd vite, et tu es bien placée pour le savoir !

— Ah oui ? dit Clara les yeux écarquillés, et penses-tu que papa aurait fait la même chose pour une boîte, comme celle posée sur mon bureau ?

— Le connaissant, il aurait même fait un double de clé pour une boîte à savon !

Le cœur de Clara se mit à battre à une allure folle, elle ne bougeait pas tellement cette annonce l'avait saisie. Un double des clés, mais comment n'y avait-elle pas pensé avant ? Enfin, il faut dire qu'elle ne s'était souvenue de l'épisode de changement de serrure que la veille. Son cerveau bouillonnait, questions et réponses tourbillonnaient dans sa tête. Et si son père avait fait une exception et qu'il n'avait pas fait de double de clé pour sa boîte ? Non, c'était impossible, il était tellement méticuleux qu'il apportait le même soin à chaque objet. Et si la clé de sa serrure n'avait pas été reproductible ? Là encore non, pourquoi cela aurait été le cas ? Enfin, elle n'était pas non plus une experte en serrure, mais il ne lui semblait pas techniquement difficile de faire un double de clé.

Clara respira profondément et regarda sa mère.

— Ça va ma chérie ? Tu sembles complètement perdue dans tes pensées, dit Marta.

— Maman, sais-tu où papa gardait les serrures et les clés pour les meubles qu'il fabriquait ? demande Clara si rapidement que, même elle, n'était pas certaine d'avoir dit tous les mots dans le bon sens.

— Je commence à comprendre, tu penses que ton père aurait gardé un double des clés de ta boîte. Je ne voudrais pas te faire de peine, mais lorsque nous l'avons achetée, je me rappelle que ton père avait demandé au vendeur où se trouvait ce double et le vendeur lui avait répondu qu'il n'en existait pas. Je me rappelle surtout de cet achat car ensuite pendant vingt minutes, ton père avait alors expliqué à ce pauvre vendeur que ce n'était pas du tout professionnel. Je suppose même que ce mauricien aurait préféré voir ton père sortir de sa boutique et ne pas lui vendre ta boîte, car il faisait partir tous les clients !

— Mais maman, je me suis souvenue hier que papa avait changé la serrure de ma boîte et maintenant je comprends mieux pourquoi, dit Clara en riant.

— Ah oui ? Je ne me rappelle plus de ce changement de serrure, alors, cela signifie qu'un double doit certainement se trouver dans l'atelier de ton père !

Marta vit le visage de sa fille s'illuminer de joie, ses yeux n'avaient pas été aussi pétillants depuis des mois, et elle se mit à rire.

— Maman, tu viens de dire que les clés et serrures se trouvent dans l'atelier, mais il y a des centaines de boîtes contenant des milliers d'objets, saurais-tu où papa rangeait le matériel de serrurerie ?

— Je ne sais pas Clara mais au moins maintenant tu sais où cibler tes recherches.

Clara se leva avec un entrain qu'elle n'avait jamais eu auparavant, embrassa sa mère avec un sourire qui éclairait son visage, et se précipita dans la maison.

Un vrai rayon de soleil, pensa Marta, toujours souriante.

Elle monta avec rapidité dans sa chambre, enfila un vieux jean et un tee-shirt, noua ses cheveux, puis descendit dans l'atelier de son père.

En effet des centaines de boîtes étaient rangés soigneusement, et Clara ne savait pas par où commencer.

Si j'étais papa où rangerais-je les serrures et clés afin de les trouver facilement ? C'est forcément un lieu pratique, tombant à pic dans une logique de fabrication de meuble. Clara se mit à réfléchir. Elle n'avait malheureusement jamais passé de temps à regarder son père exercer son métier, et aujourd'hui, elle le regrettait vraiment. Bon, si j'étais ébéniste, j'ajouterais la serrure après avoir fabriqué le meuble, et juste avant la pose du vernis. Son regard s'orienta alors vers les pots de laque, impeccablement rangés sur une étagère noire à cinq niveaux. Les petits étaient placés en haut et les plus gros en bas. A droite du meuble, se trouvaient un balai, un aspirateur professionnel pour eau et poussière, un seau et une serpillère. Clara sourit. Elle avait vu juste, après le vernissage, il faut faire le ménage ! Elle tourna alors les yeux à gauche des pots, et aperçut un petit meuble fermé à l'aide d'une clé, mesurant environ un mètre de haut. Elle se dirigea vers l'armoire, puis tourna délicatement la clé pour l'ouvrir.

Elle retint son souffle et entrebâilla le battant droit de la porte.

Elle découvrit un ensemble de boîtes en bois toujours rangées avec soin, placées sur six étagères. Chacune d'elles était équipée d'un porte-étiquette en métal contenant un morceau de carton sur lequel était noté ce que renfermait chaque coffret. Après avoir complètement ouvert le meuble, Clara parcourut chaque descriptif mais ne vit pas les mots « clés » ou « serrures » ou tout autre terme qui pourrait s'y apparenter. Elle fut envahie par un sentiment de tristesse et d'échec. Non, ce n'est pas possible, cette clé est quelque part dans cet atelier, j'en suis certaine, pensa-t-elle.

Elle se releva puis en reculant vit que sur la seconde étagère en partant du haut, entre deux boîtes, se trouvait un espace qui avait exactement la largeur des autres coffrets.

— Il en manque une et c'est celle que je cherche !, cria Clara.

Ses yeux cherchèrent alors l'établi et se posèrent sur un coffre en bois. Elle se précipita vers la boîte et s'arrêta net. Ses yeux la fixaient et elle sentit une larme couler sur sa joue. Elle l'essuya d'une main et cligna des yeux pour améliorer sa vision. Peut-être si près du but, pourvu que je ne sois pas déçue, pensa-t-elle. Elle regarda de plus près et découvrit alors, gravé sous le porte-étiquette de la boîte, une clé ancienne composée de belles volutes formant une fleur.

— Ca y est ! C'est elle ! , cria Clara encore plus fort.

Son cœur battait violemment, et elle avait du mal à rester concentrer tant les pensées fusaient dans sa tête. Bon, et bien, maintenant, la seule chose à faire est d'ouvrir cette boîte et de trouver la clé, ce n'est pas si compliqué que ça, reprends toi un peu. Si Guillaume était là, il te traiterait de gamine de six ans devant son premier carton d'invitation à un anniversaire !

Clara respira profondément plusieurs fois de suite, se ressaisit, ouvrit délicatement la boîte, son cœur ne tambourinait plus dans sa poitrine, et elle se trouva même plutôt sereine. Elle découvrit plusieurs clés, en compta rapidement une dizaine. Claque clé avait une étiquette sur laquelle était notée son appartenance. Une serrure neuve était aussi entreposée dans le coffre. Clara prit une clé au hasard et lu « Abri de jardin », puis une autre « Vaisselier de la cuisine ». Au fur et à mesure qu'elle sortait les clés, elle les déposait sur l'établi. Il n'en resta plus que trois.

Sa mère entra alors dans l'atelier et vit sa fille plantée devant l'établi de son mari, elle ne bougeait pas.

— Que se passe-t-il ma chérie ? On dirait que tu as vu un fantôme.

— Je pense avoir trouvé la boîte ou plutôt le coffre-fort où papa rangeait les doubles des clés, je les ai toutes vérifiées sauf trois.

— Et tu as peur que l'une des trois ne soit pas la bonne, c'est ça ?

— Oui.

— Si tu ne lis pas les étiquettes, tu ne le sauras jamais.

— Oui, je sais.

— Veux-tu que je le fasse à ta place ? Une mère peut bien faire ça pour sa fille, dit Marta souriante.

— Je préfère le faire moi-même, sans vouloir te vexer maman, cela fait si longtemps que je cherche cette clé, que c'est à moi de découvrir si oui ou non, je vais enfin la trouver.

— Je comprends Clara, et je vais te laisser seule. Tu me tiendras au courant. Prends ton temps surtout, c'est un moment important pour toi.

Marta n'eut pas besoin d'attendre longtemps, et sourit quand elle entendit sa fille hurler de joie. Elle se sentit heureuse pour elle et pria secrètement pour que cette clé lui apporte du bonheur.

Clara courut alors en direction de sa chambre. Elle était si pressée qu'elle ne vit pas le panier de cerises que venait de cueillir sa mère et qui était posé en bas des escaliers menant à l'étage. Clara trébucha, se prit les pieds dans le panier, se rattrapa à la rampe, fit un demi-tour sur elle-même pour finir assise sur la première marche.

— Waouh, après, initiation au vol de papillons, je pourrai rajouter à mes compétences : cascadeuse en herbe, dit Clara, un peu sonnée.

Elle se releva en se frottant les jambes et le bras qui s'était agrippé à la rampe. Et d'un coup, elle se souvint pourquoi elle courait si vite, ouvrit ses deux mains et vit qu'aucune clé n'était enfermée à l'intérieur. Cette fois-ci, Marta entendit sa fille hurler mais ne reconnut pas du tout de la joie dans le cri de Clara. Elle se précipita vers l'escalier et vit sa fille à quatre pattes en train de fulminer à l'égard de quelqu'un qu'elle ne voyait pas.

— Mais contre qui rouspètes-tu ma chérie ? Je ne vois personne ici !

— Ah ben ça c'est sûr que tu ne peux plus la voir, elle s'est envolée, hop, comme les papillons sur ma robe de fée. Je la retrouve et au bout de deux minutes, elle disparait ! Je la cherche depuis des semaines cette foutue clé et elle n'est même pas capable de rester avec moi le temps nécessaire pour que j'ouvre ma boîte !

Clara était hors d'elle, et continuait à crier tout en cherchant accroupie la clé qu'elle avait perdue.

— Les papillons sur ta robe de fée, mais tu n'as plus l'âge de te déguiser Clara, dit Marta soucieuse, et puis la dernière fois que je t'ai vu marcher à quatre pattes, c'était pour aller me voler mon rouge à lèvres pour en barbouiller tous les Rangers de ton frère dans le but de te venger car il venait de couper les beaux cheveux blonds de ta poupée Pricillia. Tu avais déjà un sacré caractère à un an !, dit Marta en souriant. Bon tu veux que je t'aide à trouver ta clé, si c'est bien elle que tu cherches, parce qu'avec ton histoire de papillons, tu me fais un peu peur !

— Je veux bien maman, merci. Tu ne te rappelles pas le vol plané que j'ai fait avec mon déguisement de fée quand j'étais petite ?

— Et bien non.

— Tant mieux, ça veut dire que tu ne dois pas non plus te rappeler que je t'avais volé tes bigoudis pour les mettre au chat, et que j'avais hiberné la tortue vers l'abri du jardin.

— Si, je me rappelle de cette pauvre tortue. Tu nous avais avoué au printemps quand on n'avait retrouvé que sa carapace, que tu l'avais placée dans un trou creusé dans la terre, dans le but de la faire dormir pour l'hiver. Tu avais de ces idées parfois ! Et après sa séance de coiffure, ce pauvre chat s'est caché pendant une semaine dans l'atelier de ton père et sursautait rien que d'entendre ta voix !

Toutes les deux se regardèrent et se mirent à rire de bon cœur.

Après quelques minutes de recherche, la clé fut retrouvée derrière un tabouret placé à environ dix mètres du lieu de la chute.

— Et bien, c'est une clé voyageuse que j'ai là, dit Clara à présent soulagée de l'avoir entre ses mains.

— Je suis heureuse que nous l'ayons retrouvée et cette fois, serre-la bien fort dans ta main, dit Marta en souriant. Je te laisse monter dans ta chambre à présent. Je suis très impatiente de savoir ce que contient ta fameuse boîte, alors, ne tarde pas trop à venir me le dire.

— Très bien maman, je viendrai te montrer le contenu dès que je l'aurai ouverte.

Marta déposa un baiser sur le front de sa fille puis se rendit compte des dégâts causés par la chute de Clara.

— Je vais ramasser les cerises au sol, tu n'as pas besoin de le faire, va vite dans ta chambre ma chérie.

— Non, non, je vais le faire mais je veux bien que tu m'aides. A vrai dire, je suis tellement proche du but qu'à présent j'ai peur.

— Tu as peur de quoi Clara ?

— Et bien, j'ai peur que cette boîte ne contienne rien, ou juste un chewing-gum qu'avait mastiqué à l'époque le garçon qui faisait chavirer le cœur de toutes les filles du collège.

— Dans ce cas-là, ne viens surtout pas me montrer le contenu, car je pense que le chewing-gum aura moisi ou pire que cela peut-être ! dit Marta en souriant.

Clara sourit à son tour et fit une grimace en imaginant l'odeur nauséabonde de sa découverte.

— Tu sais ma chérie, dit Marta, même si cette boîte ne contient rien de vraiment important, ces deux mois de recherche t'auront permis de revivre des souvenirs que tu n'aurais certainement pas eus sans eux. Dis-toi aussi que cela t'aura occupé l'esprit et puis, même si c'est égoïste, j'aurai eu la joie de t'avoir un peu avec moi toutes ces semaines.

— Oui, tu as raison, j'ai vraiment apprécié ces journées de recherche, même si elles se sont toujours terminées par un échec. En fait, non, ce furent des journées de réussite, car elles m'ont apaisée et m'ont fait penser à autre chose qu'à cet idiot de Marc !

Toutes deux ramassèrent les cerises sans parler. Les deux femmes étaient à présent perdues dans leurs pensées.

Après quelques minutes, Marta brisa le silence :

— C'est parfait ma chérie, tu peux à présent monter dans ta chambre. Veux-tu que je t'accompagne ?

— Non merci maman, ça ira, il faut que je le fasse seule.

Clara monta les escaliers et sentit quelques douleurs dans les jambes suite à sa cascade. Elle arriva devant son bureau. Elle serrait la clé dans sa main droite. Elle la plaça dans la serrure et vit qu'elle y entra parfaitement. Ouf, c'est la bonne, pensa-t-elle. Son cœur battait fort et cognait dans sa poitrine. Décidemment, heureusement que j'ai un cœur solide, car avec toutes ces émotions, il pourrait défaillir ! Elle repensa à son père, qui lui, avait été fragile du cœur. Une larme coula sur sa joue. Elle l'essuya puis pensa à son frère qui la gronderait encore en la voyant si démunie devant sa boîte. Non, mais allez, reprends-toi, si cette boîte ne contient rien, tu auras eu la chance de revivre tous ces moments dans ta belle maison d'enfance et tu auras à présent le temps de recontacter tous tes amis, d'aller au cinéma ou d'aider maman au jardin. Et si je proposais à Ariane d'emmener quelques jours Anaïs au bord de l'océan ? Elle serait très heureuse de sauter dans les vagues, ou de manger des assiettes de moules frites. Oui, mais avant, il faut que j'ouvre cette boîte pour avoir l'esprit tranquille et prouver à mon frère que je n'avais jamais volé de rouge à lèvres à maman !

Clara tourna la clé puis souleva le couvercle en fermant les yeux. Elle respira profondément, essaya une dernière fois de se rappeler ce que contenait sa boîte, se rendit compte qu'elle ne s'en souvenait toujours pas, puis décida que la meilleure des choses à faire était d'ouvrir à présent les yeux pour pouvoir le découvrir.

C'est ce qu'elle fit, tout en prenant une inspiration, Clara ouvrit les yeux et les baissa en direction du coffre. Elle ne sut pas si elle devait être heureuse ou déçue en découvrant le contenu. A vrai dire, elle ne put pas décrire ce qu'elle ressentit.

3

Une carte postale !

Je cherche une clé depuis deux mois pour trouver une carte postale au fond de ma boîte ! Pourquoi pas. Au moins, ce n'est ni moisi, ni malodorant.

Clara prit la carte dans ses mains, puis l'étudia avec attention. La photo représentait le cratère d'un volcan éteint, bordé par des nuages blancs. En haut à gauche de la carte, était écrit : « Un volcan époustouflant sur l'Ile de la Réunion ! », et en bas à droite : « Venez le découvrir ! Il vous fera vibrer ».

Une carte de l'Ile de la Réunion, je ne me rappelle pas que papa et maman y soient allés, pensa Clara. Elle réfléchit à nouveau, mais ne trouva pas qui avait bien pu lui envoyer cette carte. Elle retourna donc la carte puis lut à voix haute :

Saint-Gilles-les-Bains, le 2 juillet,
Ma chère Clara,

Dès que nous sommes arrivés sur l'Ile, j'ai vite acheté cette carte pour te donner des nouvelles. Je ne connais pas ce volcan, mais il parait qu'il est possible de se balader pour le voir. Nous sommes bien installés dans un appartement de fonction proche de l'Océan. Il fait chaud mais c'est supportable. Les gens sont très gentils et ils adorent mon petit frère Léon. J'ai pu visiter hier le lycée que je vais intégrer mi-août, et Lucas, a rencontré le responsable pédagogique de l'université pour son Master en Sport.

Mon père a commencé son nouveau poste hier également et ma mère continue à faire en sorte que notre installation se passe au mieux.
Ce week-end, nous allons visiter le Cirque de Mafate en hélicoptère, j'ai trop hâte !
Tu me manques et je t'embrasse très très fort,
A bientôt pour d'autres nouvelles,
Ton amie Louise.

Louise, répéta Clara à voix haute. Mais qui est cette Louise ?

Clara n'entendit pas sa mère entrer dans sa chambre et sursauta quand Marta commença à parler.

— Louise ? Tu as une nouvelle amie imaginaire ? demanda Marta en souriant.

— Ca y est maman, j'ai enfin ouvert ma boîte et voici ce qu'elle renfermait depuis plus de quinze ans, une carte postale de l'Ile de la Réunion.

Clara tendit la carte à sa mère et lui proposa de la lire. Ce que fit Marta aussitôt.

— Je comprends maintenant pourquoi tu citais le prénom de Louise, dit Marta, en faisant une mine soulagée.

— Je ne me rappelle plus avoir eu un jour une amie du prénom de Louise, mais cela ne m'étonne qu'à moitié, vu la tête de linotte que je suis. Mais toi, tu as une bonne mémoire, alors, te souviens-tu de cette copine ?

— Désolée ma chérie, non. Je me rappelle de certaines de tes connaissances mais pas d'une Louise. Mais, peut-être a-t-elle été dans ta classe et dans ce cas, on pourrait la retrouver sur tes photos d'école.

— Tu es formidable maman ! Bien sûr, c'est un bon début pour entamer des recherches !

Clara prit sa mère dans ses bras et la couvrit de baisers, si bien que Marta se mit à rire encore une fois de bon cœur, suivit par Clara, qui pour finir libéra sa mère de peur de l'étouffer.

— Je suis tellement heureuse de te voir à nouveau rayonnante ma chérie !

— Si tu savais comme je suis soulagée d'avoir retrouvé cette clé ! Et en plus, me voici lancée dans une nouvelle mission ! « Recherche Louise désespérément ». Sais-tu où sont rangées les photos de classe maman ?

Marta regarda sa fille et fit une légère grimace.

— Ne me dis pas que je vais devoir explorer toute la maison à nouveau ? dit Clara, les yeux écarquillés et le visage apeuré.

— Bon, réfléchissons, où peuvent être rangées ces photos, hum, je dirais avec toutes les autres photos, dans le buffet en teck de la salle à manger, qu'en penses-tu ?

— Tu le savais depuis le début mais tu as voulu me faire peur, c'est ça ?

— Pour une fois que c'est moi qui peux te taquiner, c'était trop tentant, et je n'ai pas fait durer le suspense trop longtemps, dit Marta en faisant un clin d'œil à sa fille.

— Je suis tellement heureuse que je ne t'en veux pas, mais ne recommence pas, d'accord ?

— Oui, c'est ce que tu me disais à chacune de tes bêtises quand tu étais petite, promis je ne recommencerai plus, dit Marta en riant.

Clara prit alors sa mère par la main, tenant dans l'autre sa carte postale, et toutes deux descendirent les escaliers menant à la salle à manger.

Marta ouvrit le buffet en teck et Clara remarqua que tous les albums étaient soigneusement rangés, une étiquette étaient collées sur chaque livre précisant l'année où les photos avaient été prises.

Clara pensa que ses parents s'étaient tout de même bien trouvés, aussi bien organisés l'un que l'autre. Et là, elle se dit qu'il ne faudrait pas que son futur mari soit comme elle, si un jour elle en avait un, car ils seraient capable d'oublier d'arrêter la cafetière le matin, ou de nourrir le chien et les deux perroquets, ou même leurs enfants à la garderie le soir ! Non, c'est certain, valait mieux ne pas trouver un mari dans ce cas-là ! Elle se demanda alors comment pendant toutes ces années d'enseignement, elle n'avait jamais oublié de corriger et de rendre les évaluations, ou d'apporter les photocopies des textes à étudier avec ses élèves. C'est certainement parce qu'elle avait un agenda où tout était noté et qu'elle mettait une croix rouge quand elle avait accompli la tâche à réaliser. Marc lui avait d'ailleurs un jour fait remarquer qu'il manquait les lignes « Embrasser son chéri avant de partir » ou « Serrer son amoureux dans ses bras le soir en rentrant ». Ce pauvre homme avait vraiment un drôle d'humour, et même pas d'humour du tout !

Marta sortit Clara de ses pensées et lui demanda :

— Sais-tu de quelle année date cette carte ?

— Et bien non, il est juste noté le jour et le mois d'expédition, et le tampon de la Poste n'est plus lisible, mais je suppose que je devais être en fin de troisième, donc en 1999.

— Voici l'album de cette année, et en général je glissais les grandes photos de classe en première page, dit Marta en sortant le livre du buffet. Tiens regarde voici la photo de classe d'Ariane, et la tienne !

Clara prit le carton que lui tendit sa mère et où elle put lire en couverture « Année scolaire 1998-1999 », Collège Cuvier, Meximieux.

Elle tourna délicatement la première page, comme si les années avaient rendu le document fragile, et découvrit une trentaine d'élèves et un professeur en photo, affichant tous leur plus beau sourire. Elle se reconnut rapidement, habillée d'un jean et d'un sweat à capuche bleu, les cheveux relevés en chignon. Elle avait l'air d'un garçon manqué mais fut soulagée de voir qu'elle n'était ni boulotte, et ne paraissait pas effrontée du tout.

— Je n'étais pas très féminine à cet âge-là, dit Clara à sa mère qui contemplait la photo de classe d'Ariane, le regard attendrissant.

— Ca tu peux le dire, et c'était à mon grand désespoir ! Pour ton bal de fin de collège, avec ton père, nous t'avions acheté une magnifique robe, simple et foncée, car nous savions bien que trop de broderies t'auraient effrayée, mais ceci-dit, malgré sa sobriété, elle était vraiment belle. Tu nous avais remercié très solennellement et nous avait alors rétorqué : « Cette robe a dû vous coûter très cher, je vais la conserver précieusement dans mon armoire pour le bal de fin de collège d'Ariane dans trois ans, elle sera vraiment très heureuse de la porter, et je ne voudrais pas l'abimer en la mettant avant. J'aime tellement ma petite sœur que je saurai me sacrifier pour elle », et tu étais montée dans ta chambre, avait placé la robe dans ton armoire puis l'avait offerte à ta sœur trois ans plus tard.

— Mais quel vêtement j'avais donc porté à ce bal ? demanda Clara.

— Si je te le dis, tu vas être horrifiée.

— Allez maman, je ne m'en rappelle plus et j'aimerais savoir !

— Tu avais mis un jean noir et une chemise à gros carreaux rouges et bleus.

— Non ?!

— Et bien si je t'assure, ton père t'avait d'ailleurs demandé si tu comptais passer ta soirée à couper du bois, car si c'était le cas, il était intéressé par un morceau d'érable pour terminer l'un de ses meubles !

— Et bien, au moins, vous aviez dû être tranquilles, je n'ai pas dû me faire draguer de toute la soirée ! Maintenant que l'on en parle, il me semble me souvenir de cette chemise, et aussi du bal, et de Peter O'Brian, le plus beau gosse du collège, qui était venu me parler pour me dire que dans son pays d'Ecosse, les hommes portaient ce genre de chemise. Sur le coup, cela m'avait touchée qu'il m'ait adressé la parole, mais avec du recul, je ne suis plus sûre que ce fut un compliment de sa part.

Toutes deux se mirent à rire de nouveau.

— Heureusement, continua Marta, vers l'âge de dix-huit ans, tu as commencé à apprécier les vêtements plus féminins, et d'ailleurs la première fois que tu as descendu en jupe les escaliers menant à ta chambre, avec ton père, nous avions failli tomber à la renverse !

— C'est vrai qu'Ariane a toujours porté des pantalons, mais aussi des jupes et des robes. Je ne pourrais pas l'imaginer en garçon manqué et Anaïs quant à elle, est une vraie petite fille ne voulant porter que du rose et du violet !

La sonnette d'entrée tinta et Marta se leva en disant :

— Je te laisse ma chérie, mon amie Claire a dû arriver, d'ailleurs c'est grâce à elle que tu portes le prénom que nous avons choisi pour toi, et tu es un peu comme elle, étourdie mais pleine de vie, spontanée et déterminée.

— Je viendrai la saluer et boire un thé avec vous plus tard, pour le moment, j'ai bien envie de me consacrer à ma nouvelle recherche.

— Tu viens nous voir quand tu le souhaites, elle sera très heureuse de discuter avec toi.

Marta descendit rejoindre son amie et toutes deux s'installèrent sur la terrasse.

Clara regardait la photo de classe avec attention. Où es-tu Louise ?, si tu es bien sur cette photo, se demanda-t-elle. Elle se rappela de certains de ses camarades, sans pour autant mettre un prénom sur leur visage. Peter O'Brian n'était pas sur la photo, car lui, elle savait à quoi il ressemblait. A croire que tous ses copains avait quitté la région car elle n'avait pas le souvenir d'en avoir recroisé un après le collège. Elle poussa un soupir et replia avec fermeté le document. Un petit papier glissa de derrière la photo et tomba par terre. Clara le ramassa et le déplia. Elle put lire : « De gauche à droite et de bas en haut » suivi par tous les prénoms et noms des élèves de sa classe. Super ! Quelle chance, pensa-t-elle. Finalement, j'étais un garçon manqué mais bien organisée ! Elle parcourut rapidement les noms et s'arrêta net : « Louise Marchand ». Clara compta rapidement le nombre de noms écrits avant celui de Louise. Elle devait se trouver en douzième position. Elle compta à présent jusqu'à douze en regardant la photo. Elle découvrit alors une jeune fille aux cheveux blonds et longs jusqu'en bas des épaules, aux yeux bleus turquoise. Elle était boulotte, et certaines difficultés de l'adolescence ne l'avaient pas épargnée car sa peau était couverte d'acné. Elle était elle aussi souriante et se trouvait à droite de Clara sur la photo. Si nous étions l'une à côté de l'autre, c'est que c'est cette Louise qui m'a envoyé la carte postale.

Clara ferma les yeux et se concentra pour arriver à retrouver des souvenirs de Louise. Allez, tu vas y parvenir, cela ne doit pas être si difficile d'ouvrir le tiroir de sa vie d'adolescente. Et en pensant au mot tiroir, Clara se rappela qu'un jour, en cours de Sciences de la Vie et de la Terre, le professeur avait distribué à chaque binôme de la classe une souris à disséquer. Avec sa camarade avec qui elle faisait équipe, elles avaient alors ouvert leur tiroir de bureau et avaient caché la pauvre souris à l'intérieur. Clara se remémora même les grimaces de dégout qu'elles avaient faites en déposant l'animal. Le professeur leur avait alors demandé où était la souris et Clara avait répondu : « Elle a filé ». Clara se souvint alors du nom de son professeur : Monsieur Martinet, car souvent les élèves disaient de lui qu'il allait sortir un fouet caché derrière sa blouse blanche tant il était sévère. Monsieur Martinet leur répondit donc que ce n'était pas possible car la souris était morte. Sur ce, Clara lui répondit du tac au tac : « Elle devait être la fée Ernestine, vous savez la fée souris des dents. On ne peut pas tuer la fée des dents sinon des millions d'enfants seraient malheureux, c'est comme si demain, on décidait de disséquer le Père Noël ». Clara se rappela du bruit des rires de ces camarades de classe et aussi du zéro qu'elle avait dû annoncer à ses parents le soir même. Et bien, oui, je me rappelle de toi Louise, car tu étais l'amie avec qui je devais disséquer cette souris et avec qui j'avais préparé ce coup monté. Clara se rappela du sourire de son amie quand elle avait exposé son idée sur la disparition de la souris à Monsieur Martinet. Et surtout de l'appareil dentaire volumineux de cette pauvre Louise. Peter O'Brian n'avait jamais dû adresser la parole à Louise, c'est certain !

Clara passa le reste de la journée à faire ressurgir de ses pensées des souvenirs de sa copine. Elle et Louise étaient en effet les meilleures amies du monde. Elles ne se quittaient pas la journée et le soir passaient une heure au téléphone ensemble à faire leurs devoirs. Elle savait pourquoi le prénom de Louise n'évoquait rien à sa mère car Clara ne l'appelait pas par son prénom mais lui avait donné le surnom de Loulette. Elle était certaine que sa mère se rappellerait maintenant de sa camarade lorsqu'elle lui dirait que c'est Loulette qui lui avait envoyé la carte postale.

Elle fut invitée un soir chez Louise pour le dîner et revit sa famille autour de la table. Sa mère, une belle femme blonde aux mêmes yeux que son amie, douce et très à l'écoute de ses enfants, son père qui était arrivé en habit de gendarme. C'est ça, le père de Louise avait demandé sa mutation à l'Ile de la Réunion ! Elle se rappela les larmes qui avaient coulé quand Louise avait annoncé à son amie son départ pour l'Ile. Puis, il y avait Lucas, le frère aîné de Loulette, il devait avoir vingt ans et suivait des études dans le milieu sportif. Et enfin, le petit Léon qui devait avoir trois ans. Il était à croquer avec des yeux marron et des bouclettes blondes qui lui illuminaient le visage. Louise et elles adoraient jouer avec Léon et dès qu'elles le pouvaient, elles le prenaient avec elles dans la chambre de Louise et lui mimaient des histoires de loup et de prince. Evidemment, à chaque fois Prince Léon tuait le loup avec son épée magique.

La veille du départ de Louise, elles n'avaient pas voulu passer la soirée ensemble car les adieux auraient été trop difficiles. Elles avaient terminé leur année scolaire, s'étaient quittées devant le collège en se jurant de ne pas se perdre de vue malgré la distance. Elles étaient restées enlacées un long moment puis chacune était partie de son côté sans se retourner. Les larmes avaient coulé sur les joues de Clara pendant tout le trajet en car de son collège à son arrêt de Saint Jean de Niost. Puis elles avaient encore coulé toute la soirée et une bonne partie de la nuit. Sa mère lui avait monté un plateau repas dans sa chambre pour le dîner, sinon Guillaume aurait passé la soirée à se moquer de sa sœur aux joues trempées.

Louise et sa famille s'envolèrent pour Saint-Denis le lendemain matin. Clara surveilla tous les avions volant au-dessus de sa maison se demandant si son amie faisait partie du vol. Puis elle surveilla tous les jours la boîte aux lettres et se souvint avoir sauté de joie quand la carte de Louise était enfin arrivée. Elle se revit placer la carte dans la boîte en bois offerte pas ses parents, tel un trésor qu'elle devait protéger.

Les semaines passèrent, Louise n'avait plus donné de nouvelles. Cela avait profondément attristé Clara mais le temps aidant, la peine de Clara fut de moins en moins forte.

Comment ai-je pu oublier Louise ? se demanda Clara. Nous n'avions passé qu'une seule année scolaire ensemble, mais tout de même, elle était mon amie, une amie avec qui j'ai partagé tant de moments merveilleux, des rires mais également des instants de peine. Nous pouvions compter l'une sur l'autre. Nous n'étions ni jalouses ni envieuses, un bonheur arrivé à l'une faisait aussi celui de l'autre.

Pourquoi ne m'as-tu plus donné de nouvelles Louise ? J'espère qu'il ne t'est rien arrivé sur ton Ile. Tu ne m'as même pas laissé d'adresse. J'ai essayé de te chercher mais les moyens de l'époque n'étaient pas aussi performants que ceux de maintenant.

Et si j'essayais de te retrouver à nouveau ? Oui, c'est ça ! Il faut que je te retrouve ! Je n'ai pas fouillé toute la maison et mis la main sur cette clé puis découvert ta carte postale sans raison. Il faut que je sache si tu vas bien et si tu es heureuse. Il faut que je comprenne pourquoi tu ne m'as plus écrit. Si c'est parce que tu voulais tourner la page, je saurai m'en contenter, car aujourd'hui, je ne ressens plus la peine de ton départ. Mais au moins je serai au courant que tu es en forme et en bonne santé ! Le seul souci, c'est que toutes ces technologies informatiques me dépassent un peu, il faut donc que je demande de l'aide, et je ne vois qu'une personne pouvant voler à mon secours : mon adorable frère !

Clara fouilla dans son sac de voyage et sortit son téléphone portable bien caché au fond. Evidemment, il était éteint, la batterie s'était complètement déchargée en deux mois. Clara le mit en charge et en profita pour faire de même avec son ordinateur portable.

Elle descendit vers sa mère qui discutait toujours avec son amie Claire.

— Bonjour Claire ! dit Clara.

— Eh mais regardez-moi qui voilà, une belle jeune fille qui semble avoir repris des forces ! répondit Claire, très joviale.

— Oui, tu as raison, je me sens mieux. Sais-tu que j'ai enfin retrouvé ma clé ?

— C'est vrai ? Et as-tu ouvert ta fameuse boîte ?

— Oui, et elle contient une carte postale envoyée par une de mes amies que j'avais à quinze ans, et qui était partie vivre à La Réunion suite à la mutation de son père. Tiens maman, te souviens-tu de Loulette ?

— Hum, oui, laisse-moi réfléchir un peu. Est-ce que c'était ton amie aux cheveux longs et blonds, un peu boulotte, avec qui tu passais toutes tes journées ? Celle pour qui on disait que là où était Clara se trouvait Loulette, et là où était Loulette, se trouvait Clara ?

Clara se mit à sourire car en effet, elles étaient tellement inséparables que dès qu'on en trouvait une, l'autre n'était pas loin !

— Oui, dit Clara. Et bien Loulette s'appelait en réalité Louise, et c'est la carte de Louise que j'avais placée avec précaution dans ma boîte.

— Oui, je me rappelle maintenant. Tu avais été tellement malheureuse à son départ et encore davantage quand tu n'avais plus reçu de nouvelle carte.

— Et sais-tu pourquoi cette Louise ne t'a plus écrit ? demanda Claire.

— Et bien non, répondit Clara, mais j'ai bien envie d'essayer de la retrouver pour le lui demander directement !

— Mais comment vas-tu faire ma chérie ? demanda Marta.

— Tu vas rire, mais je vais demander de l'aide à Guillaume, oui, pour une fois, je vais ravaler mon amour-propre et demander à mon frère de me conseiller !

— Et bien, je ne te reconnais plus ma fille ! Ton frère va être complètement abasourdi mais la stupéfaction passée, il sera très heureux de t'aider, c'est certain.

— Bon et bien je vous laisse, la batterie de mon portable a dû se recharger un peu, juste ce qu'il faut pour appeler mon frère.

Clara était déjà à l'entrée de la terrasse quand elle termina se phrase et ne vit pas les sourires de complicité des deux femmes.

— Tu sais Claire, depuis que Clara a retrouvé sa clé, elle est comme métamorphosée. Cela faisait tellement longtemps que je n'avais plus vu ses yeux pétiller de la sorte. Tu la connais, elle a toujours été vive, prête à croquer la vie à pleine dents, se lançant dans différents projets à la fois, c'est aussi ce qui fait qu'elle est tête de linotte, tant elle gère de choses en même temps. Et quand Marc l'a quittée, je ne l'ai plus reconnue. Son état m'a vraiment préoccupée. Je suis heureuse de retrouver la Clara que je connais.

— C'est vrai que lorsque je suis venue te voir il y a un mois, sa pâleur et son manque de vie m'ont aussi inquiétée. Tu sais Marta, il faut laisser du temps au temps. Te souviens-tu quand Michel est décédé ? Clara a été profondément malheureuse, puis je me suis rendu compte qu'elle avait réussi à mettre de côté toutes les émotions tristes pour ne garder que les souvenirs heureux avec son père. Il doit lui manquer car tous les deux s'adoraient mais quand elle en parle aujourd'hui, ses yeux expriment beaucoup de respect et d'amour et non plus la tristesse et l'angoisse.

— Tu as raison Claire, et tu sais bien l'expliquer car vous êtes un peu pareilles toutes les deux, dit Marta en souriant, c'est peut-être aussi pour cela que Clara a fini par oublier Louise, elle a voulu mettre de côté la tristesse ressentie par son absence de nouvelle, et comme elle était jeune, elle a fini par ne plus y penser du tout.

— En tout cas, elle semble bien décidée à la retrouver cette Louise !

— C'est très bien, et je souhaite de tout cœur qu'elle y parvienne. De plus, cette nouvelle mission va lui occuper ses journées et c'est parfait !

— Tu ne m'as jamais vraiment parlé de ce Marc, est-ce que tu l'appréciais ? demanda Claire à son amie.

— C'était un gentil garçon, mais ce qui me gênait, c'est que quand il me parlait, il ne me regardait jamais dans les yeux. Guillaume m'a un jour fait la même remarque. Finalement, quand Clara est arrivée effondrée me racontant qu'il allait partir pour la Guyane, je n'ai pas franchement été étonnée. J'espère qu'il est heureux là où il est et qu'il a trouvé ou trouvera la femme qu'il aimera vraiment.

— En tout cas, cette rupture a bien ébranlé notre Clara, moi aussi je suis heureuse de la voir si déterminée aujourd'hui.

Marta servit à nouveau un thé à son amie puis la discussion s'enchaina sur l'Ile Maurice. Claire projetait d'y aller et elle aurait bien voulu que Marta l'accompagne. Elle aussi était veuve, depuis cinq ans, et voyager seule lui faisait un peu peur. Elle qui était si motivée allait bien finir par convaincre son amie.

Pendant ce temps, Clara avait allumé son portable et écouté ses messages. Elle avait soigneusement noté les noms des personnes l'ayant appelée puis s'était promis de les rappeler avant la fin de la semaine. Cela lui donnait trois jours, c'était faisable.

Elle composa alors le numéro de Guillaume. Il était 17H30, la journée avait filé à une allure folle et elle n'avait même pas déjeuné.

Il faut dire qu'entre ce matin et maintenant, elle avait retrouvé sa clé, découvert le contenu de sa boîte, puis s'était replongé dans des souvenirs vieux de seize ans. Et surtout, elle avait décidé de chercher son amie Louise, et cette mission la faisait vibrer de joie.

4

— Salut Guillaume, est-ce que je te dérange ? demanda Clara, le téléphone plaqué contre son oreille.

— C'est toi Clara ?

— Ben oui, tu ne reconnais plus ma voix ?

— Euh, tu sais que ça fait deux mois que tu as décidé de ne plus appeler personne et qu'on ne peut pas te joindre si tu n'es pas chez maman ? Tu m'excuseras mais oui, j'en ai oublié le son suave de ta voix au téléphone !

— Oh arrête un peu de me taquiner, surtout que tu n'es pas au bout de tes surprises.

— Ah bon, tu vas m'annoncer que tu as retrouvé ta clé, que ta boîte contenait un collier de diamants d'une valeur inestimable et que tu m'en fais don ?

— Tu as presque raison, sauf pour le collier de diamants.

— Alors quel est ce trésor que tu as retrouvé ?

— Une carte postale de mon amie Louise envoyé de La Réunion.

— Je te trouve blagueuse aujourd'hui sœurette, elle est bien bonne celle-là ! dit Guillaume en riant.

— Non, c'est vrai je te jure que ma boîte contenait depuis seize ans la carte de Louise.

— Tu as passé la journée à boire du rhum ou à fumer l'herbe que j'ai tondue ce week-end ? C'est ça ? Rassure-moi car je ne vois pas en quoi c'est un trésor !

— Oh mais quel rabat-joie tu es ! Bon allez je vais tout de suite passer à la raison de mon appel. Voilà, je me suis souvenue que Louise et moi, nous étions des amies très liées il y a seize ans et j'ai besoin de tes conseils afin de la retrouver.

— Eh ! Tu veux dire que Clara Simon a besoin d'aide et que cette aide, elle la demande à son frère ? En l'occurrence moi ?

— Oui, c'est ça.

— Qui que vous soyez, veuillez redonner le téléphone à ma sœur, et d'ailleurs, l'avez-vous séquestrée, demandez-vous une rançon ? Si c'est le cas, je suis prêt à donner ma vie pour elle, quand pouvons-nous procéder à l'échange ?

— Oh mais arrête un peu, c'est déjà difficile pour moi alors mets-y un peu du tien !

— OK, mais je ne pouvais pas passer à côté et ne pas en profiter un peu, c'est tellement exceptionnel que tu me demandes de l'aide !

— Comment dois-je m'y prendre Guillaume ? Je n'ai que trois informations : ses nom et prénom, Louise Marchand, l'endroit où elle vivait il y a seize ans, et les prénoms de ses deux frères.

— Tu connais Google ?

— Oui, je m'en sers pour faire des recherches pour l'école ! Mais comment n'y ai-je pas pensé plus tôt !

— Ben voilà, et dans deux minutes, tu vas me dire que tu n'as jamais eu besoin de mon aide.

— Non, non, tu m'as donné l'idée et je t'en remercie.

— Bon pendant que l'on discutait, vu que je suis devant mon ordinateur, j'ai regardé sur Facebook, j'ai trouvé une personne se nommant Louise Marchand et vivant à La Réunion.

— Je pourrais peut-être me créer un compte pour pouvoir la contacter, non ?

— Tu m'enlèves les mots de la bouche.

— Merci Guillaume, tu m'as bien aidée. Euh, si j'ai un problème pour créer mon compte, est-ce que je peux te rappeler ?

— Tu veux que je te le crée ?

— Ca ne te dérange pas ?

— Au moins, je serai un demi-héro comme ça ! Je t'envoie un SMS dès que c'est fait. Tchao sœurette !

— Au revoir et merci encore !

Clara était nerveuse, et elle avait hâte à présent de pouvoir contacter son ancienne amie. Vais-je trouver les bons mots pour renouer avec elle ? se demanda Clara. Après tout je suis prof de français, je trouverai les phrases justes. La sonnerie de son portable la tira de ses pensées. C'était un SMS de Guillaume : « Ton mot de passe est P5bLM! Bonne chance sœurette ! »

On voit que c'est un informaticien, pensa Clara. J'aurais choisi un mot de passe plus facile. Puis elle alluma son ordinateur, ouvrit Facebook, renseigna son adresse de messagerie puis son mot de passe et se connecta. Elle lança une recherche « Louise Marchand » et découvrit que huit comptes existaient sur Facebook avec ce nom. Elle balaya rapidement du regard le descriptif des huit comptes et s'arrêta lorsqu'elle lut : « Habite à Saint-Gilles-les-Bains ». C'est elle ! Elle ouvrit alors son profil et découvrit la photo de Louise. Clara fut frappée car son amie ressemblait énormément au souvenir qu'elle en avait de sa mère. Elle possédait toujours ces beaux et longs cheveux blonds, un regard qui amenait la confiance, sa peau couverte d'acné était remplacée par un visage au grain serré et joliment halé, et son large sourire n'était plus encombré par ses nombreuses bagues dentaires. Elle semblait heureuse sur cette photo. Clara lut que Louise était institutrice à Boucan Canot. Elle rechercha sur Google quelques informations sur cette ville et découvrit qu'elle se trouvait non loin de Saint-Gilles-les-Bains.

Sur le profil de Louise, se trouvait le bouton « Contacter ». Clara cliqua dessus, puis saisit le message suivant :

Chère Loulette,
Je suis Clara Simon; nous avons été amies en troisième au Collège Cuvier de Meximieux. Nous étions d'ailleurs inséparables. Tu ne vas pas me croire, mais j'ai retrouvé dernièrement la carte postale que tu m'avais envoyée il y a seize ans maintenant, à ton arrivée à La Réunion. Je sais que c'est surprenant après toutes ces années, mais je souhaite avoir de tes nouvelles, être certaine que tu vas bien et que tu es heureuse.
Je ne suis pas une experte de Facebook alors voici mon adresse de messagerie : clara.simon@gmail.com.
J'espère que j'aurai de tes nouvelles prochainement.
A bientôt,
Clara

Clara fut étonnée et soulagée de trouver si facilement les mots à écrire. Elle relut son message plusieurs fois puis l'envoya. *Tout a été simple finalement,* pensa-t-elle. *Guillaume serait surpris de voir comme je me suis bien débrouillée avec l'outil informatique. Il faudra tout de même que je passe du temps sur mon ordinateur à découvrir les possibilités offertes par mes logiciels car c'est assez frustrant de voir que mes élèves sont capables de faire des meilleures présentations que moi. Mais ça, ce sera pour plus tard, car là, mon estomac crie famine et si je ne mange pas, je vais tomber d'inanition !*

Clara descendit à la cuisine et retrouva sa mère.

— Claire est partie ?

— Oui, depuis vingt bonnes minutes. Tu as faim ma chérie ?

— Je meurs de faim, et je serais capable d'avaler un plat de pâtes rien qu'à moi toute seule !

— Bonne idée, nous allons faire des pâtes à la carbonara. Alors, quelles sont les dernières nouvelles au sujet de ta recherche ? Tu as pu joindre Guillaume afin qu'il t'aide ?

— Oui, et j'ai même déjà envoyé un message à Louise, et maintenant, je croise les doigts pour qu'elle m'envoie une réponse.

— Je suis certaine qu'elle le fera. En attendant, si demain nous allions à Lyon faire un peu de shopping ? Cela fait longtemps que nous ne nous sommes pas retrouvées toutes les deux à parcourir les boutiques.

— Avec plaisir maman ! Mais avant cela, j'aimerais aller voir ton coiffeur afin qu'il trouve une solution à ma coiffure, enfin à mon absence de coiffure.

— C'est une bonne idée à nouveau, je l'appellerai demain matin et je lui demanderai s'il peut te prendre dans la matinée, puis ensuite, nous irons déjeuner à Lyon, et enfin nous ferons les boutiques jusqu'à ce que nos jambes ne puissent plus nous porter !

Les deux femmes se mirent à rire, préparèrent un grand plat de pâtes, puis dînèrent tout en préparant leur journée du lendemain.

Clara monta dans sa chambre vers 23H00, le ventre tendu tant elle avait mangé. Elle s'installa à son bureau puis ouvrit sa messagerie. Elle avait 367 messages non lus. Certains de ses amis, n'arrivant pas à la joindre par téléphone, avaient tenté de lui envoyer un message. Il faut que je leur réponde, décida Clara, ce n'est pas correct de ma part, et maintenant, je n'ai plus envie de rester enfermée sur moi-même. De plus, mes amis me manquent et je veux avoir de leurs nouvelles. Cela lui prit deux heures pour leur répondre, supprimer les messages publicitaires, et classer ceux d'information qui lui seraient utiles. Elle n'avait pas reçu de réponse de Louise. Ne sois pas impatiente, pensa-t-elle. Je lui ai écrit il y a quelques heures seulement, et si Louise est aussi douée que moi sur son ordinateur, je ne suis pas prête de recevoir sa réponse !

Clara se coucha vers 2H00 du matin, épuisée par cette journée pleine de rebondissements, mais le cœur léger et l'envie d'aller de l'avant encore plus forte.

5

Clara fut réveillée par sa mère vers 8H15. Son coiffeur pouvait la recevoir vers 9H30 et il fallait donc que Clara se prépare. Elle descendit prendre son petit-déjeuner, prit une douche tonifiante puis revêtit une jupe marron clair et un chemisier blanc à manches courtes.

A 9H15, Clara emprunta la voiture de sa mère pour se rendre au salon de coiffure se trouvant à Meximieux. Sa voiture était pour le moment en réparation chez le garagiste suite à un problème d'embrayage. Elle arriva au salon, entra puis salua André qu'elle connaissait depuis qu'elle avait l'âge de douze ans.

— Bonjour André, comment vas-tu ?

— Qui me parle ? demanda André, fixant du regard Clara d'un air choqué et hautain. Je suis sensé avoir rendez-vous avec Clara Simon, mais je doute que vous soyez cette femme.

Clara rit et dit :

— Si c'est bien moi André, et tu comprends pourquoi il me faut venir te voir en urgence. J'ai une tête de sorcière !

— Le mot est faible ma chérie, même un épouvantail est mieux coiffé que toi ! Bon voyons si nous allons parvenir à redonner à ces cheveux un tant soit peu de dignité. Mais la tâche va être rude !

— Je te fais confiance André, tu fais des miracles !

— Et viens voir un peu tes mains ? André prit les mains de Clara et les observa le regard effrayé. C'est catastrophique là-aussi

Clara, tu as passé ces deux derniers mois à les mettre sous un rouleau de lavage pour voitures ?!

— Presque, j'ai passé mes journées à chercher une clé dans toute la maison et j'en ai profité pour épousseter et laver oui !

— Ma pauvre fille, la prochaine fois que tu t'ennuies, viens me voir, je cherche toujours quelqu'un pour m'aider aux shampoings. Bon en attendant, Marion, peux-tu appeler Lisa et lui dire qu'elle a une urgence à traiter, dit André en s'adressant à une de ses employées.

— Très bien patron, je l'appelle de suite, répondit Marion.

Après son rendez-vous chez André, Clara se dirigea donc quelques mètres plus loin, dans le salon de Lisa où une manucure redonna à ses ongles un aspect raffiné. Lisa en profita même pour faire un soin du visage et légèrement maquiller Clara.

Quand Clara rentra chez sa mère, il était 11H00 et celle-ci ne put que la complimenter sur sa coupe et son visage soigné et mis en valeur de façon naturelle.

— Nous sommes prêtes à partir ma chérie ? dit Marta. Tu veux bien conduire ?

— Avec plaisir maman !

Les deux femmes déjeunèrent dans un restaurant de fruits de mer quai Saint Antoine à Lyon, puis passèrent l'après-midi à faire les boutiques vers la Place Bellecour. Marta offrit deux ensembles à sa fille, et Clara un joli collier de nacre à sa mère.

Elles rentrèrent vers 18H00, épuisées par leur après-midi de marche, mais ravies de cette journée passée ensemble.

— Et dire que la soirée ne sera pas reposante pour moi, soupira Marta.

— Ah bon, tu dois ressortir maman ?

— Oui, j'avais oublié mais avec Claire, nous avions décidé d'aller voir la nouvelle pièce des « Sœurs en folie », heureusement, le spectacle a lieu à Meximieux.

— Si je n'avais pas les jambes en compote, je vous aurais bien accompagnées car ces trois femmes sont excellentes et j'adore leur humour. Tu es bien courageuse maman ! Tu pars à quelle heure ?

— Vers 19H00, le temps de prendre une bonne douche. Nous allons certainement dîner rapidement avant le spectacle.

— Très bien alors, bonne soirée et demain, tu me raconteras comment c'était !

Clara embrassa sa mère puis monta dans sa chambre. Elle s'allongea sur son lit et ferma les yeux. Quand elle les rouvrit, il était 20H00. La maison était calme. Elle descendit se préparer un sandwich, s'installa devant la télévision du salon puis regarda le journal télévisé. Elle se rendit compte qu'elle n'avait pas écouté les informations depuis une éternité et fut contente de se remettre à la page. Ensuite, elle ouvrit le meuble sous la télévision puis choisit le DVD « Les péripéties d'une jeune anglaise», un film qu'elle affectionnait tout particulièrement car il décrivait avec beaucoup d'humour et de tendresse, le départ d'une jeune fille londonienne pour Marrakech qui souhaitait enseigner l'anglais dans un des lycées de la ville. Après avoir été émue mais aussi avoir ri devant le film, comme à chaque fois d'ailleurs, elle remonta dans sa chambre vers 22H30, puis se mis à l'aise en chemise de nuit. Comme elle n'était pas fatiguée, elle descendit dans la cuisine et se fit une tisane aux fruits rouges dont l'odeur embauma tout le rez-de-chaussée puis monta s'installer à son bureau. Elle mit en route son ordinateur puis ouvrit sa messagerie. Elle avait reçu cinq nouveaux messages, quatre publicitaires et un dont l'expéditeur était : « Louise Marchand ». Elle resta quelques secondes sans bouger, en lisant et relisant la ligne sur laquelle figurait le nom de son ancienne amie, suivi de l'objet du message : « Bonjour Clara ». Elle finit par cliquer sur le message, puis le lut lentement, comme si elle voulait s'imprégner de chaque mot écrit par Louise.

Chère Clara,

Quelle joie j'ai eu de recevoir de tes nouvelles ! Moi non plus je ne suis pas une fan des outils informatiques, mais heureusement, et je ne sais pour quelle raison, ce matin, je me suis connectée.

Tu as conservé ma carte postale depuis tout ce temps, waouh, j'en suis honorée !

J'ai tellement de questions à te poser, que deviens-tu ? Es-tu mariée ? As-tu des enfants ? Est-ce-que tu travailles ? Où vis-tu ? Bref, je voudrais tant savoir comment tu te portes et si toi aussi tu es heureuse.

Voici quelques nouvelles de mon côté. Je suis célibataire, sans enfant, et je possède un petit appartement à Saint-Gilles-les-Bains. Je suis institutrice à Boucan Canot qui se trouve proche de Saint-Gilles, et j'ai eu cette année une classe de CP. J'adore travailler avec les CP, car leur apprendre à lire et à écrire, est pour moi très enrichissant.

Je fais de la plongée sous-marine avec mon frère, Lucas, qui possède un club de plongée à Saint-Gilles. Après son Master en sport, il a monté ce club et il marche très bien. Il faut dire que c'est un moniteur très sérieux, qui sait partager sa passion de la mer. Lucas est marié avec Prune, et ils ont une petite fille, Laetitia qui vient d'avoir douze ans. J'adore ma petite nièce, et je passe beaucoup de temps avec elle, surtout à faire du shopping maintenant que c'est une adolescente !

Te souviens-tu de Léon ? Mon petit frère, quant à lui, est en seconde année de fac de Droit et il travaille plutôt bien. Lui aime bien surfer.

Mon père a pris sa retraite de gendarme depuis deux ans, et maintenant, il vient aider Lucas au Club et s'occupe des papiers, de la comptabilité, et en profite pour plonger de temps en temps et faire de belles photos sous-marines.

Je te joins une photo de mes frères, mon père et moi que Prune a prise la semaine dernière pour fêter la réussite des partiels de Léon.

A toi maintenant de me donner des nouvelles, j'ai vraiment hâte de les recevoir !

A bientôt,

Loulette

Clara lut à voix haute le prénom « Loulette » et expira comme si elle avait retenu sa respiration pendant toute la lecture du message de son ancienne amie. Tu te souviens donc de moi Louise, pensa-t-elle. C'est un vrai soulagement ! Elle cliqua sur la pièce attachée et ouvrit la photo dont lui parlait Louise. Clara découvrit quatre visages très souriants, quatre têtes blondes, pensa Clara en souriant. Il y avait dans l'ordre le père de Louise, Léon, Loulette et Lucas. Le père de Louise avait sa main sur la tête de Léon comme pour l'ébouriffer, et Louise tenait ses deux frères dans ses bras. Ils avaient l'air très heureux et leurs larges sourires le prouvaient. Cependant quelque chose gênait Clara. Elle regarda la photo un bon moment puis fit un bond sur sa chaise. C'est ça ! Mais il manque la mère de Louise sur cette photo ! Clara relut le message de son ancienne amie et s'aperçut qu'en effet, elle ne l'avait pas citée lorsqu'elle donnait des nouvelles de sa famille. C'est étrange pensa Clara car même si les parents de Louise étaient divorcés, elle m'aurait tout de même donné des nouvelles de sa mère. A moins que la mère de Louise se soit disputée avec le reste de la famille. Non, non, ce n'est pas possible, songea Clara. Cette femme était une mère dévouée, adorant son mari et ses enfants. Elle n'aurait jamais pu couper les ponts comme ça. Oh la la, j'espère qu'il ne lui est rien arrivé de grave ! Clara fronça des sourcils à l'idée qu'il ait pu arriver un malheur à la mère de Louise. Comment pourrai-je le savoir ? Elle lança une page Google, saisit les mots suivants : « Famille Marchand malheur Ile Réunion », puis lança la recherche.

La première page ne donna aucun résultat intéressant mais sur la seconde page, elle put alors lire : « Un malheur frappe une famille nouvellement installée à Saint-Gilles-les-Bains … ». Le cœur de Clara sursauta dans sa poitrine. Elle cliqua sur le lien et ouvrit un article du journal « Les nouvelles de La Réunion », publié le 10 juillet 1999. Elle lut à voix haute :

« Un malheur frappe une famille nouvellement installée à Saint-Gilles-les-Bains.

Hier, en fin d'après-midi, Monsieur Paul Marchand a signalé la disparition de son épouse, Martine Marchand, alors qu'elle se promenait le long de la plage de L'Ermitage, située au sud de Saint-Gilles. Les recherches ont démarré immédiatement, plongeurs et gendarmes se sont activés et ont fouillé les moindres recoins de la plage et également les fonds marins sur trois kilomètres. Ce n'est que ce matin vers cinq heures que la robe de Madame Marchand a été repêchée, à deux kilomètres environ de la plage, complètement déchirée et tâchée de sang. Pour le moment, l'explication la plus plausible est que cette femme ait subi une attaque de requin en ayant voulu se baigner. Une enquête est en cours et les conclusions seront délivrées dans quelques semaines. Martine Marchand a trois enfants âgés de trois, quinze et vingt ans. Toute la famille était venue s'installer à Saint-Gilles fin juin, suite à la mutation de Monsieur Marchand, gendarme depuis vingt ans, et habite un des logements de fonction de la gendarmerie. »

En haut de l'article se trouvait la photo d'une plage de sable. Dans l'eau se trouvait un bateau à moteur dans lequel étaient assis cinq plongeurs. Certainement les plongeurs ayant trouvé la robe de Martine Marchand, pensa Clara.

Clara avait l'esprit embrouillé et avait aussi du mal à digérer ce qu'elle venait de lire. Ce n'est pas possible qu'un tel malheur soit arrivé à Loulette et à sa famille, pensa-t-elle. Si Martine Simon ne figure ni sur la photo envoyée par Louise et ni dans le descriptif des nouvelles de la famille, c'est qu'elle n'a pas dû être retrouvée vivante. C'est épouvantable et tellement injuste. Si j'avais su ce qui était arrivé, j'aurais pu apporter du soutien à mon amie, mais au lieu de cela, je me lamentais sur mon sort car je ne recevais plus de nouvelle de sa part ! Mais comment imaginer à quinze ans qu'un tel malheur puisse arriver à sa meilleure amie.

Clara se sentit profondément triste. Elle resta sans bouger, le regard fixant la photo du bateau et des plongeurs pendant quelques minutes. Puis elle décida de ne pas répondre à Louise maintenant car elle avait peur que la tristesse transparaisse dans son message. Elle écrirait une réponse à son amie dès le lendemain matin après une bonne nuit de sommeil. Clara se coucha puis s'endormit rapidement malgré toutes les pensées qui surgissaient dans son esprit. Même si elle avait retrouvée de l'énergie, elle était encore bien fatiguée après les deux mois difficiles qu'elle venait de vivre.

6

Elle se réveilla vers 7 heures, et descendit sans perdre de temps à la cuisine. Marta était assise à la table et buvait un café. Clara embrassa sa mère, se servit un café à son tour, puis s'installa en face d'elle.

— Alors cette soirée Maman, le spectacle était sympa ?

— Oui, vraiment drôle avec des textes exquis, comme à chaque fois d'ailleurs. Que se passe-t-il ma chérie ? Tu as l'air tracassé.

Clara raconta alors à sa mère qu'elle avait reçu une réponse de Louise, lui donna des nouvelles de son amie et de sa famille puis lui parla de sa recherche et de sa découverte sur la tragédie qui était arrivée.

— Non, ce n'est pas possible, dit Marta attristée.

— Je crains que la mère de Louise n'ait jamais été retrouvée maman, poursuivit Clara toujours aussi émue.

— Si c'est le cas alors je comprends pourquoi Loulette n'a plus donné de nouvelle. Elle a dû être complètement effondrée la pauvre, tout comme son père et ses frères.

— Oui, tu as raison, et moi, je pleurais de mon côté en me plaignant que mon amie ne m'envoyait plus de carte postale !

— Tu ne dois pas t'en vouloir ma chérie. Comment aurais-tu pu penser qu'une telle catastrophe puisse lui arriver ? Même à l'âge adulte, on ne pense pas forcément à de tels malheurs, alors encore moins à celui de quinze ans.

— Tu as certainement raison maman mais je ne peux m'enlever de l'esprit que j'aurais pu être un soutien pour Louise. Bon, allez, je vais lui répondre et lui donner de nos nouvelles. A ton avis maman, dois-je lui dire que j'ai lu l'article écrit sur sa mère ?

— Tu sais si Louise ne t'en a pas parlé, il y a peut-être une raison à cela. Laisse-lui peut-être du temps pour qu'elle te raconte ce qu'il s'est passé, c'est mon conseil.

— Et comme toujours, tu as raison !

Clara rangea sa tasse dans le lave-vaisselle, embrasse sa mère sur le front puis monta dans sa chambre.

Elle se plaça devant son ordinateur qu'elle n'avait pas éteint la veille, respira profondément, puis cliqua sur le bouton « Répondre ».

Chère Loulette,

Je suis tellement contente d'avoir reçu ta réponse ! Et encore plus de voir que tu sembles aller bien.

Comme tu m'as envoyé une photo, je t'écris en t'imaginant et je trouve cela sensationnel ! Merci !

Voici quelques nouvelles de la métropole: moi aussi je suis célibataire et je n'ai pas d'enfant. J'exerce le métier de professeur de français dans un lycée à Lyon et cette année, j'ai eu des classes de seconde et de terminal. J'aime bien enseigner, je ne me verrai pas faire un autre métier.

Je suis revenue vivre chez ma mère il y a deux mois, suite à une rupture avec mon compagnon. J'ai passé des semaines difficiles mais maintenant Marc a été relégué aux oubliettes et je me sens vraiment mieux ! J'ai passé ces deux mois à chercher la clé d'une boîte en bois, que j'ai enfin trouvée hier, enfin surtout son double, et qui renfermait ta carte postale. Et j'ai eu envie alors de te retrouver. Comme quoi, il y a 16 ans, ta carte avait été pour moi un véritable Trésor !

Mon frère Guillaume habite à Lyon et il travaille dans l'informatique, et Ariane est infirmière, l'heureuse épouse de David et la maman d'Anaïs qui a 2 ans. Ma petite nièce me fait fondre dès que je la vois et tout comme toi, j'adore passer du temps avec elle.

Clara s'arrêta, ne sachant pas si elle devait écrire les lignes suivantes, mais après quelques instants de réflexion, continua sur sa lancée. Elle se souvint que Louise aimait bien ses parents, et qu'il était normal qu'elle donne de leurs nouvelles également. Elle poursuivit tant en essayant de trouver les bons mots :

Quant à mes parents, et bien ma mère va bien et profite pleinement de sa retraite.

Elle aime jardiner, cuisiner de bons petits plats que je savoure, voir ses amis et sortir. Mon père est malheureusement décédé d'une crise cardiaque il y a 3 ans. Il n'y a pas un jour qui passe sans que je pense à lui, mais aujourd'hui, les bons souvenirs prennent le dessus sur les plus durs.

Clara voulu alors joindre une photo de sa famille et une d'elle aussi mais elle s'aperçut, après quelques minutes de recherche, que la seule photo qui se trouvait sur son portable était celle qu'elle avait mise en fond d'écran : une photo de Marc et d'elle prise depuis la colline de Fourvière par un touriste à qui Marc avait demandé s'il pouvait prendre le couple en photo. Clara eu la chair de poule rien qu'en regardant l'image en plein écran et décida qu'il était grand temps de définitivement envoyer Marc aux oubliettes, ce qu'elle fit en mettant la photo à la corbeille de son ordinateur. Et voilà, bon débarras ! pensa-t-elle. Le souci c'est que je ne sais pas comment basculer les images de mon appareil photos sur mon ordinateur. Guillaume me dirait : « Non mais sœurette, même un enfant de trois ans saurait le faire ! ». Mais bon, moi, je ne sais pas. Elle poursuivit alors son message.

> *J'aurais bien voulu t'envoyer à mon tour des photos, mais comme je te l'ai écrit la première fois, je ne suis pas très à l'aise avec les technologies modernes, alors, il me faut demander de l'aide à mon frère Guillaume, qui j'en suis certaine, sera très heureux de me l'apporter, et ceci sans faire de commentaire inutile sur mon manque de savoir et d'intérêt quant à l'outil informatique !*
> *Et sinon, qu'as-tu prévu de beau à faire pendant tes vacances d'été ? Il me semble que les vacances d'été durent moins longtemps que les nôtres à La Réunion ? Vas-tu en profiter pour faire un voyage ?*
> *Je t'embrasse,*
> *Clara*

Puis Clara cliqua sur le bouton « Envoyer ». Elle passa encore deux heures à faire d'autres recherches sur Internet mais elle ne trouva pas d'autre article relatant les conclusions de l'enquête ou même d'autres informations sur le drame qui s'était produit.

Vers 10 heures, elle prit une douche puis s'habilla en jean et tee-shirt bleu turquoise, descendit vers sa mère et lui proposa de passer du temps dans le jardin à désherber. Marta fut enchantée par la proposition de sa fille. Comme Clara s'affairait dans le jardin, elle cuisina un bœuf bourguignon que toutes deux savourèrent au déjeuner.

— Ta cuisine est un vrai régal maman ! Merci pour ce plat si délicieux.

— Je suis tellement contente de cuisiner pour quelqu'un, que c'est aussi pour moi un réel plaisir de préparer ces bons petits plats, dit Marta, regardant sa fille avec tendresse. Tu ne sembles pas dans ton assiette Clara, tu penses à Louise et au malheur qui lui est arrivé ?

— Oui c'est bien à cela que je pense, je sais que cela s'est produit il y a seize ans, mais je ne peux pas m'empêcher de penser à toute la peine qu'ont dû subir Loulette et sa famille.

— Je comprends que tu sois triste pour ton amie, mais comme tu le dis, le temps a passé et espérons que les blessures se soient un peu refermées depuis.

— Oui, je le souhaite vraiment et j'espère que j'aurai l'occasion d'en discuter avec elle. Je veux m'assurer qu'elle va bien et cette fois, je serai là pour la soutenir si elle a besoin de moi.

— Tu as toujours été une amie merveilleuse ma chérie, même à l'école maternelle. Te souviens-tu du jour, où à l'âge de cinq ans, tu as défendu une petite fille du nom de Rose ?

— Devine la réponse maman ?

— Oui, tu ne t'en souviens pas, quelle question !

— Peux-tu me raconter ce qu'il s'est passé ?

— Tu étais dans la cour de récréation et cette petite Rose qui était vraiment timide, s'est fait embêter par un garçon de votre classe qui jouait au gros dur. Elle était assise à côté de toi en classe et chaque matin, vous tombiez dans les bras l'une de l'autre tant vous vous aimiez bien. Donc, le gros dur s'était approché de Rose, et lui avait dit qu'elle avait des épines sur la tête comme la fleur de son prénom et il lui avait enfoncé un seau sur la tête rempli de sable. Tu imagines les pleurs de Rose et les rires du gros dur et de ses copains. Tu étais venue vers ta copine, l'avait aidé à se débarrasser du seau et du sable dans les cheveux. Le soir, tu nous avais raconté cette histoire et avec ton père, nous avions bien deviné qu'elle t'avait beaucoup affectée. Donc, le lendemain matin, tu étais arrivée à l'école, avait pris Rose par la main et toutes les deux, vous étiez allées voir le gros dur. Tu avais dit à ta copine : « Regarde bien Rose, il va payer. ». Tu avais alors ouvert ton cartable, tu en avais sorti tes gants de jardinage que tu avais mis à tes mains, puis un sac en plastique rempli de ronces. Tu avais pris les ronces, attrapé le gros dur par le short, puis tu avais bien enfoncé les ronces à l'intérieur de sa culotte. Tu l'avais regardé droit dans les yeux et lui avais répliqué : « Maintenant, tu sais ce que c'est que les épines, espèce d'idiot ». Le soir, tu nous avais alors raconté que tu avais été puni de récréation toute la journée et que tu avais dû nettoyer les bureaux de tous tes camarades ! Mais tu étais heureuse d'avoir vengé cette petite Rose.

— Mais comment ai-je pu avoir eu des ronces dans mon cartable ?

— Oh mais tu sais que tu avais planifié parfaitement ta vengeance. La veille au soir, après le diner, tu étais allée chercher tes gants dans l'abri de jardin et tu étais allée ramasser des ronces derrière le gros noyer.

— Et bien dis donc, dit Clara en riant, je n'ose imaginer les fesses du gros dur après cela !

— Oui, et heureusement que ses parents n'ont pas été assez en colère pour nous causer des ennuis.

— Si ça se trouve, ils étaient bien contents que pour une fois, ce soit leur garçon qui soit embêté ! En tout cas merci maman. Si j'avais su que Louise avait subi un tel malheur, j'aurais tout fait pour la soutenir, c'est vrai. Allez je monte un moment dans ma chambre pour faire à nouveau des recherches, on ne sait jamais, je suis peut-être passée à côté d'une information importante.

— Très bien ma chérie, je viendrai te chercher tout à l'heure pour un thé sur la terrasse.

Clara monta dans sa chambre, s'assit à son bureau puis passa encore un bon moment à faire des recherches, mais elle ne trouva pas d'information sur la disparition de Martine Marchand.

Le téléphone de son portable sonna et l'interrompit.

— Salut sœurette, alors tes premiers pas sur le Net ne t'ont pas trop fait peur ?

— Salut Guillaume, pas du tout et même, tu serais fier de moi. J'ai déjà renoué avec Louise. Et là, je fais des recherches sur Google.

— Waouh, mais que cherches-tu ? Le tome numéro deux « Devenir une experte d'Internet ? »

— Oui, ce livre m'aiderait bien, mais non, je cherche des informations sur Martine Marchand, la maman de Louise. Il leur est arrivé un drame après leur installation sur l'île. La maman de Loulette a disparu dans l'océan et seule sa robe déchirée et tachée de sang a été retrouvée. Je n'arrive pas à trouver les conclusions de l'enquête afin de savoir si Martine a été réellement portée disparue et déclarée morte.

— Et bien ce n'est pas cool cette histoire. Si tu veux après le boulot, je passerai chez maman et on fera des recherches ensemble. Peut-être qu'à deux, on parviendra à trouver des informations.

— C'est vraiment sympa de te part, d'accord, je dis à maman que tu dînes avec nous ce soir.

— A tout à l'heure sœurette !

— Bye Guillaume.

Clara descendit annoncer à Marta que Guillaume serait avec elles ce soir, puis en profita pour leur faire un thé à toutes les deux.

Elles discutèrent alors du projet de Claire, l'amie de Marta, de faire un voyage à l'Ile Maurice.

— Mais c'est une excellente idée maman d'accompagner Claire pour ce voyage !

— A vrai dire, le dernier voyage que j'ai réalisé fut avec ton père et l'idée de ne plus voyager avec lui me déroute un peu.

— Eh, mais tu ne vas pas arrêter de voyager car papa est parti ! Tu adores les voyages et tu prends un plaisir immense à les préparer ! Le programme des journées est bien ficelé du petit-déjeuner au dîner du soir et tu pourrais faire profiter Claire de ton don pour l'organisation. Et puis, voyager avec une amie est un réconfort non ? Je vous imagine bien toutes les deux en train de vous émerveiller en parcourant l'Ile Maurice !

— Oui, tu as raison ma chérie, j'adore les voyages et partir avec Claire me ferait vraiment plaisir. Bon, je vais y réfléchir sérieusement !

Les deux femmes furent interrompues par la sonnette de la porte.

— Tiens qui est-ce ? Je n'attends personne, dit Marta.

— Tu veux que j'aille ouvrir maman ?

— Oui, si cela ne te dérange pas.

Clara se dirigea vers la porte d'entrée, l'ouvrit puis découvrit deux adolescentes en uniforme scout, ayant environ quinze ans, tenant dans leurs mains un carnet de tickets de tombola.

— Bonjour Madame, nous faisons partie des scouts de Saint Jean de Niost et nous vendons des tickets de tombola afin de financer un voyage au Sénégal qui aura lieu l'été prochain. Voulez-vous nous acheter un ticket ?

— Bonjour Mesdemoiselles. Oui, je vais vous acheter deux tickets. Je n'ai jamais de chance au jeu mais si c'est pour une bonne cause alors, c'est déjà ça ! Et qu'allez-vous faire au Sénégal ?

— Nous allons construire un mur d'enceinte d'un futur centre de loisirs pour les jeunes d'un village. Chaque été, une équipe de scouts se rendra en Afrique et continuera le projet de construction.

— Et bien, c'est une belle idée. Combien coûte vos tickets ?

— Cela fait quatre euros si vous en prenez deux.

Clara pris son sac à main qui était sur le guéridon de l'entrée puis leur tendit un billet de cinq euros.

— Tenez et gardez la monnaie.

— Merci Madame ! dirent les deux jeunes filles en chœur. Le tirage aura lieu samedi, le 11 juillet, et les numéros des tickets gagnants seront notés sur le panneau d'affichage vers le local. Et si vous avez gagné, ce que l'on vous souhaite, vous pourrez venir récupérer votre lot tous les samedis de juillet et d'août. La liste des lots est notée sur le dos des tickets.

— Très bien, c'est clair, merci, et je vous souhaite bonne chance pour vos ventes !

— Au revoir Madame !

Clara referma la porte. Samedi 11 juillet. Quand je suis en vacances et plus particulièrement pour celles-ci, je ne me préoccupe jamais de la date du jour, pensa-t-elle. Quel jour sommes-nous aujourd'hui ? Elle tira son portable de sa poche de jean, et lut : « Mardi 7 juillet 2015 ». Très bien, en ce mardi 7 juillet, j'espère recevoir une nouvelle réponse de Louise !

Clara retourna vers sa mère, lui raconta son achat de tickets de tombola.

— Alors quelle est la liste des lots à gagner ? On ne sait jamais, la chance a été avec toi jusque-là. Tu as pu ouvrir ta boîte, et tu as renoué avec une amie que tu avais eue il y a seize ans.

— Tu as raison, et pourquoi la chance me laisserait-elle tomber ?

Clara lut à voix haute la liste des lots à gagner.

— Le premier lot est une machine à café à dosettes, pas mal, nous n'en avons pas et cela pourrait être utile quand on est pressé. Le second lot est une bouilloire électrique. Et les suivants dans l'ordre : un coffre-fort à clé, un DVD, un CD de musique et une soirée autour du feu avec l'équipe de scouts !

— Je te vois bien passer une soirée avec ces jeunes, tu pourrais ressortir ta guitare qui doit s'ennuyer depuis des années au fond de ton armoire, dit Marta avec le sourire.

— Avec la chance que j'aie, je vais gagner le coffre-fort et dans dix ans, je te dépoussièrerai à nouveau la maison de fond en comble car je chercherai la clé que j'aurai perdue !

— Et bien, je ne dirai jamais non à tes envies de ménage !

— Tu sais où se trouve ma guitare maman ?

— Oui, cachée bien au fond de ta penderie, cela fait au moins vingt ans qu'elle n'a pas vu le jour.

— C'est vrai que je pourrais au moins la montrer à Anaïs la prochaine fois qu'elle viendra nous voir. Promis, je le rajoute sur la liste de choses à faire pendant les vacances. Je vais d'ailleurs la sortir avant pour m'entrainer un peu !

— Tu dois t'entrainer à quoi sœurette ?

Les deux femmes sursautèrent n'ayant pas entendu Guillaume entrer dans la cuisine.

— Mais tu es déjà là ? dit Clara surprise.

— Oui, j'avais des heures à rattraper et je me suis dit que tu devais m'attendre désespérément. Alors me voici ! A quoi veux-tu t'entrainer alors ?

— A la guitare.

— Tu rigoles, la dernière fois que tu en as joué, Pimsi, notre chat, a pris la fuite et on l'a retrouvé à deux kilomètres d'ici complètement traumatisé. Nous, on ne pouvait pas vraiment fuir mais depuis, je pense avoir perdu un peu d'audition !

— Tu en fais peut-être un peu trop mon grand non ? dit Marta.

— Non, mais maman, tu ne te rappelles pas la cata que c'était quand Clara jouait, même son prof qui était le plus patient de la terre t'avait conseillé de l'inscrire au rock sauté plutôt qu'à la musique !

— Bon, bref, dit Clara, tu comprends maintenant pourquoi j'ai besoin de m'entrainer à nouveau !

Clara prit son frère par le bras et l'entraina vers l'escalier montant à sa chambre.

— Allez viens fréro, tu as raison, j'étais au bord de la crise de larmes tant je t'attendais impatiemment, alors ne perdons pas une minute !

Puis Clara poussa son frère et ne le lâcha qu'en haut des escaliers.

Ils s'installèrent tous les deux au bureau de Clara et remirent en route l'ordinateur.

— C'est vraiment moche ce qui est arrivé à ton amie Louise, je ne m'en rappelle plus mais personne ne mérite de vivre un tel drame.

— Euh, c'est bien toi Guillaume qui me parle ? Je ne t'ai jamais vu avoir de la peine pour quelqu'un.

— Et bien tu te trompes, derrière mes airs moqueurs, se trouve un homme au cœur sensible !

— Alors, comment allons-nous procéder ?

— Laisse-moi faire et regarde un pro.

Guillaume trouva bien l'article que connaissait déjà Clara mais rien d'autre.

Une petite fenêtre apparut alors en bas à droite de l'écran : « Vous avez un nouveau message ».

Clara demanda à son frère d'ouvrir sa messagerie et vit que c'était un nouveau message de Louise.

— Je te laisse le lire tranquillement sœurette. Pendant ce temps, je vais aller regarder de plus près la porte du buffet de la salle à manger. Maman m'a dit qu'elle fermait mal.

— OK merci Guillaume, je descends après.

Clara ouvrit le message de Louise et le lut.

Bonjour Clara,

Je vois que toi aussi tu es dans le métier de l'enseignement, nous n'étions pas amies pour rien !

Une peine de cœur…je me demande quel goujat a bien pu faire du mal à mon amie ! Si je le croise celui-ci, il risque de repartir bien amoché !

J'ai été très attristée de lire que ton père était décédé. Je me rappelle de lui, habillé avec son tablier et en train de travailler le bois dans son atelier. Il était protecteur et posé, et je le trouvais vraiment gentil. Je suis heureuse que lorsque tu penses à lui maintenant, ce sont les souvenirs joyeux qui ressurgissent. C'est une chance, crois-moi.

Ta maman doit être contente de pouvoir profiter de toi, et je suis certaine que tu es aux petits soins !

Tu m'as bien fait rire quand j'ai lu le passage avec ton frère Guillaume ; je me rappelle qu'il était toujours en train de te taquiner ! Et bien, cela n'a pas dû changer !

Je me souviens moins bien de ta petite sœur Ariane, mais je suis ravie de voir qu'elle est heureuse en famille !

Je n'ai rien prévu cet été, encore moins un voyage. J'ai envie de profiter de la plage, de perfectionner ma technique de plongée. Lucas souhaite me faire visiter une épave mais il veut d'abord que je plonge davantage car cette épave est profonde et il faut être assez entrainé pour aller la visiter. Je vais également sortir ma nièce Laetitia ; nous avons planifié des journées shopping mais aussi des soirées cinéma et même théâtre !

Mais j'y pense, toi aussi tu es en longues vacances d'été !

Et si tu venais me voir à La Réunion ?! Je serai tellement heureuse de te revoir, nous avons tellement d'années à nous raconter et les messages ne permettent pas de tout se dire. Je te ferai visiter l'Ile du Nord au Sud et de l'Est à l'Ouest.

Ce serait vraiment génial ! Promets-moi de réfléchir sérieusement à ma proposition !

Et je pourrai te loger car j'ai un canapé qui se transforme en lit dans le salon. Laetitia l'a déjà testé plusieurs fois et elle me dit à chaque fois qu'elle a bien dormi.

J'attends ta réponse avec impatience !!

Je t'embrasse,

Loulette

Waouh, je ne m'attendais pas à une telle proposition ! pensa Clara. Je n'ai jamais voyagé, outre mes deux voyages scolaires, et ce voyage-là serait pour moi une réelle aventure ! Elle chercha sur Internet et vit que pour aller à La Réunion depuis Lyon, la durée du voyage était d'environ quinze heures avec environ trois heures d'escale à Paris Orly. Et c'était une des meilleures offres, car sur certains vols, le temps d'escale était encore plus long ! Elle avait fait une demande de passeport en avril, Marc et elle ayant projeté de partir au soleil pendant l'été. Au moins, il pourrait servir à quelque chose, pensa-t-elle. Je n'ai jamais eu peur dans ma vie et ce n'est pas un voyage qui devrait m'effrayer. Au contraire, je pourrais revoir mon amie et visiter une île qui doit être magnifique. Et puis, à part me rendre au local scout le 11 juillet pour vérifier si je suis l'heureuse gagnante d'une machine à café ou d'un CD de musique, car le coffre-fort je leur en aurais fait don, je n'ai pas grand-chose à faire, maintenant que j'ai retrouvé Loulette. Il faut que j'en parle avec maman et Guillaume.

Clara descendit au rez-de-chaussée et rejoignit sa mère et son frère assis dans le canapé du salon.

— Veux-tu un verre de Chablis ma chérie ? demanda Marta.

— Avec plaisir. Ça tombe bien que vous soyez là tous les deux car je dois vous parler de quelque chose, dit Clara.

— Tu as décidé de vendre ta guitare et tu souhaites avoir notre avis sur le prix. Et bien un euro serait un prix tout à fait correct et qui te permettrait de la vendre au plus vite ! dit Guillaume, l'air moqueur.

— Non, c'est sérieux. Voilà, Louise m'a répondu et elle m'invite chez elle, à La Réunion.

— Tu ne trouves pas que ce sont des retrouvailles un peu pressantes ? dit Guillaume, l'air moqueur ayant cédé la place à l'inquiétude. Après tout, tu ne sais pas grand-chose d'elle, peut-être qu'elle revend de la drogue, qu'elle a déjà assassiné trois maris pour toucher les héritages et qu'elle projette de t'accueillir pour te voler toute ta fortune !

— Elle veut juste vendre un de mes reins au marché noir. Non, mais tu t'écoutes parfois ! Tu ne la connais pas et tu te permets de la juger ! Pourquoi ne serait-ce pas une simple proposition faite dans le but de nous revoir ? Louise était mon amie il y a seize ans, nous nous sommes perdues de vue car elle a vécu un drame familial, mais je suis certaine que si elle n'avait pas perdu sa mère dans de telles conditions, nous serions restées en contact.

— C'est toi qui décides sœurette mais je ne vois pas ce voyage d'un très bon œil.

— Tu es seulement triste à l'idée de voir ta sœur s'absenter quelque temps Guillaume, c'est tout, dit Marta. Moi, je trouve cette proposition fabuleuse. Revoir une amie proche et découvrir une île magnifique, que demander de plus pour passer de merveilleuses vacances ? N'est-ce pas toi ma chérie qui me poussais à partir en voyage aujourd'hui ? Alors, réfléchis à cette proposition très sérieusement et fais le bon choix.

Tous trois burent leur verre de vin blanc en discutant d'un tas de sujets, puis dégustèrent un plat de noix de Saint Jacques au poireau qu'avait préparé Marta.

Après le dîner, Marta s'excusa puis alla se reposer dans sa chambre. Elle ne s'était encore pas remise de sa sortie de la veille au spectacle avec Claire. De plus, elle voulait laisser ses enfants discuter librement.

Clara et Guillaume s'installèrent dans les fauteuils en rotin sur la terrasse et emportèrent avec eux deux cafés.

— Bon alors, Guillaume, sérieusement, tu en penses quoi de ce voyage ? demanda Clara.

— Après des heures et des heures de réflexion, je pense que ton amie Louise est une personne tout à fait normale qui t'a invitée dans le but de te revoir et de savourer de bons moments avec toi.

— Eh, mon frère me donne un avis sérieux sans aucune trace de moquerie ou d'insinuation stupide !

— Profites-en car cela ne va pas durer ! Je pense que tu devrais y aller sœurette. Cela te permettra de revoir Louise, de visiter une île qui, à ce qui parait est très belle, de t'occuper une partie de l'été et surtout, surtout, de laisser ta guitare au fond de ton armoire !

Clara balança un coussin à la tête de son frère et se mit à rire.

— Tu as raison, je vais accepter l'invitation de Louise, et de cette manière, je pourrai m'assurer qu'elle va bien et qu'elle est heureuse là-bas. Depuis la découverte de cette clé, tant de souvenirs avec Loulette sont remontés à la surface, que rien ne pourrait me faire plus plaisir aujourd'hui, que de la revoir.

— Ok, je vais m'en retourner chez moi, seul et abandonné de tous, dit Guillaume une main sur le cœur et l'autre sur le front.

— Tu aurais pu être comédien mon cher frère, tu aurais eu beaucoup de succès ! Eh mais j'ai une idée ! Et si tu prenais quelques jours de vacances et me rejoignait là-bas ? Ce serait génial non ? Tu pourrais faire profiter Louise de ta fameuse sensibilité d'homme et moi, je serais très heureuse de pouvoir passer quelques jours de vacances avec mon frère adoré !

— Je ne suis pas sûr que ton amie ait envie de voir le frère de sa copine débarquer en plein milieu de vos retrouvailles. Je suppose que vous avez beaucoup de choses à vous raconter ! Et puis, si elle est aussi bavarde que toi, je ne pourrai même pas en placer une !

— Tu sais, je suis certaine que Louise serait heureuse de te revoir et puis son frère Lucas a trente-six ans si mes calculs sont bons, donc, guère plus que toi. Il possède un club de plongée à Saint-Gilles-les-Bains, et je serais ravie de faire un baptême de plongée avec toi !

— Ouais, c'est vrai que c'est tentant. En plus, je n'avais rien de prévu cet été. Mais bon, je persiste à dire que ton amie verrait mon arrivée d'un sale œil.

— Bon alors écoute. Je vais répondre à Louise et lui dire que je vais venir avec plaisir la voir et en même temps, je lui dirai que tu prévois de passer quelques jours sur l'Ile. Je lui demanderai si cela ne la dérange pas que tu sois présent avec nous la journée et lui demanderai le nom d'un hôtel proche de son appartement.

— Bon, d'accord, de toute façon, même si je te disais non, tu lui demanderais tout de même.

— C'est vrai, donc, tu as bien raison de céder ! Bon, je vais aller me coucher et demain matin, j'écrirai à Louise. Tu veux rester dormir à la maison ? Tu sais que le lit de ta chambre est toujours prêt.

— Non, je vais rentrer. Demain matin, je dois être à 8 heures au boulot et si je pars d'ici, je devrai me lever encore plus tôt.

— Comme tu veux ! A demain alors et je te tiens au courant pour notre voyage ! dit Clara en quittant la terrasse et en entrant dans la maison.

Guillaume sourit en regardant sa sœur partir. Il savait que lorsque Clara avait une idée en tête, il était impossible de la lui enlever. Après tout, si Louise n'y voyait pas d'inconvénient, il serait heureux de partir un peu en vacances sur cette belle Ile ! Et puis, il serait aussi rassuré de pouvoir veiller sur Clara. Quand Marc était parti et avait laissé sa petite sœur si malheureuse, cela l'avait profondément attristé. Il était vraiment heureux de retrouver la Clara qu'il connaissait et ne voulait surtout pas qu'autre chose puisse la blesser à nouveau.

Guillaume repartit donc chez lui. Il était 23H15.

7

23H15. Je n'ai finalement pas sommeil pensa Clara en arrivant dans sa chambre. Je suis tellement excitée à l'idée de partir à La Réunion pour revoir Louise ! Il faut que je lui réponde ce soir.

Clara prit une douche en essayant de ne pas faire trop de bruit pour ne pas réveiller sa mère, passa une chemise de nuit à bretelles couleur parme, puis se mit à son bureau. Elle avait laissé le message de Louise ouvert et cliqua sur le bouton « Répondre ».

Bonsoir Louise,

Je ne m'attendais pas à une telle proposition et je dois dire que depuis la lecture de ton dernier mail, je ne pense qu'à ce voyage ! C'est donc avec grand plaisir que j'accepte ton invitation !

Si tu savais comme je suis enthousiaste depuis que je sais que je vais te revoir. Tu as raison, on a tant de choses à se raconter. Dis-moi quand je peux arriver et combien de jours tu peux m'héberger.

Ah oui, mon frère Guillaume serait aussi ravi de venir passer quelques jours sur l'île, enfin, pour être honnête c'est moi qui lui ai proposé car j'ai bien vu qu'il se faisait du souci à l'idée de me voir voyager seule. Il pourrait nous rejoindre par moment dans la journée et le soir, il rejoindrait son hôtel. Qu'en penses-tu ? Je t'embrasse,

Clara

Clara envoya le message. J'espère que je n'impose pas la présence de Guillaume, pensa-t-elle. Je sais qu'il se fera du souci pour moi tant qu'il ne sera pas à mes côtés. Et puis, son travail l'a bien occupé ces dernières semaines, il a une mine fatiguée et le soleil de La Réunion ne pourrait lui faire que du bien. Nous avons toujours été très proches tous les deux, heureusement que cela n'a jamais vexé Ariane. Il faut dire que ma petite sœur a toujours été autonome et solitaire. Guillaume l'adore tout comme moi, mais la relation est différente. Je crois que si Guillaume la taquinait comme il le fait avec moi, notre infirmière lui enverrait une de ses seringues dans les fesses pour ne pas qu'il recommence !

Demain, il faudra que je l'appelle et lui fasse part de mon projet de voyage. Elle ne sait même pas que j'ai retrouvé ma clé alors qu'elle avait passé une journée entière à la chercher avec moi. Et puis, je serai vraiment heureuse d'entendre la voix de ma petite Anaïs au téléphone.

Clara bâilla, s'étira puis s'allongea dans son lit. Elle essaya d'imaginer l'Ile de La Réunion, mais s'aperçut qu'elle n'y parvenait pas. Demain, je regarderai des photos sur Internet, songea-t-elle. Puis elle repensa à la photo de son amie Louise. Elle avait bien changé en seize ans et c'était une ravissante femme à présent. Elle ressemblait tant à sa mère. Avec l'enthousiasme du voyage, Clara en avait presque oublié, ces deux dernières heures, le drame qui s'était produit. Je suppose que nous aborderons le sujet, pensa Clara. C'est certain que d'en parler dans un message n'est pas évident, mais quand je serai sur place, peut-être que Louise pourra se confier à moi. Elle se souvint des mots écrits par son amie: «Je suis heureuse que lorsque tu penses à lui maintenant, ce sont les souvenirs joyeux qui ressurgissent. C'est une chance, crois-moi. ». Peut-être que pour

Louise, les souvenirs de sa mère sont encore trop poignants. Il faut dire qu'elle a disparu dans des conditions tellement effroyables. Quand je pense à papa, je le revois souriant dans son atelier, me regardant avec des yeux protecteurs, ou serrant maman dans ses bras en lui répétant qu'il l'aime et qu'elle sent si bon. Loulette, elle, n'a peut-être pas encore pu faire le deuil de sa mère.

Clara s'endormit en pensant à son amie et en se jurant qu'elle serait là pour la réconforter si elle en avait encore besoin.

Le lendemain matin, Clara fut réveillée par un léger tambourinement à la porte.

— Oui ? dit-elle faiblement, et encore endormie.

Marta ouvrit la porte doucement et passa la tête dans la chambre de sa fille.

— Ca va ma chérie ? Je commençais à me faire du souci.

— Bonjour maman, mais pourquoi, il est quelle heure ?

— Bientôt onze heures.

— C'est vrai ? demanda Clara complètement ahurie.

— Oui, c'est vrai et comme tu ne descendais pas, j'ai eu peur que tu ne sois malade.

— Mais tu as eu raison de frapper à ma porte maman ! Je ne suis pas malade du tout mais il est grand temps de me lever !

Clara sortit de son lit d'un bond, puis serra sa mère dans ses bras.

— Je vais bien maman, sois rassurée, j'ai juste encore du sommeil à rattraper. Je ne pense pas prendre de petit-déjeuner, vu l'heure. Alors, si tu en a envie, je t'emmène manger une pizza chez Tony à midi. Cela fait tellement longtemps que nous n'y sommes pas allées !

— C'est une excellente idée ma chérie ! Je te laisse te préparer et je t'attendrai en bas.

Marta referma la porte pour laisser sa fille s'habiller. Clara qui n'avait vêtu que des vieux habits pendant des semaines lorsqu'elle était à la recherche de sa clé, prenait maintenant plaisir à se faire coquette. Elle opta donc pour une jupe en lin rose pâle et un débardeur blanc à bretelles fines. Elle se maquilla, se parfuma puis se regarda dans le miroir accroché à la porte de sa chambre. Bon, et bien, les couleurs reviennent et les rides de fatigue s'estompent, c'est parfait, pensa-t-elle. Je ne serai donc pas élue fantôme le plus livide ou sorcière la plus crépue au prochain Halloween ! Madame Bataillin a encore toutes ses chances cette année !

Elle hésita puis finalement s'assis à son bureau pour voir si elle avait reçu une réponse de Louise. Mais elle n'avait pas de nouveau message. Si Louise a fait la grasse matinée tout comme moi, c'est normal, pensa-t-elle en souriant. Bon allez, c'est parti pour une bonne pizza cuite au feu de bois !

Clara dévala les escaliers puis rejoignit sa mère qui l'attendait dans le jardin.

— Tu es très belle ma chérie ! Ce cher Tony va encore fondre devant toi, dit Marta en faisant un clin d'œil à sa fille.

— Tu te trompes maman, Tony a toujours eu d'yeux que pour Joëlle qui tient le magasin de presse en face de son restaurant.

— Bon, pense ce que tu voudras, moi je te dis que tu auras bien plus d'olives que moi sur ta pizza.

Les deux femmes se mirent à rire puis se rendirent à pied au restaurant de Tony.

— Cette ballade de quinze minutes m'a mise en appétit, dit Marta en arrivant.

— Et moi qui n'ai pas pris de petit-déjeuner, je meurs de faim, répondit Clara.

Les deux femmes entrèrent dans le restaurant et furent accueillies par un jeune homme aux cheveux marron, aux yeux noisette et espiègles, et à la peau hâlée.

— Eh, mais regardez qui voilà ! La plus belle femme du monde accompagnée par sa charmante et délicieuse mère !

— Euh, tu en fais un peu trop Tony, là, répondit Clara en riant.

— On se connait depuis combien de temps belle Clara ?

— Depuis seize ans et tu le sais très bien puisque la première fois que l'on s'est croisé, nous étions en seconde et je t'ai mis une baffe.

— Tu as mis une gifle à Tony, dit Marta stupéfaite, et tu t'en souviens en plus ?

— Oui, Madame, votre fille est la plus belle femme du monde mais c'est aussi un véritable tyran, répondit Tony en riant.

— Mais pourquoi avais-tu mis une baffe à ce pauvre Tony, et surtout comment se fait-il que ton père et moi n'ayons pas été mis au courant ?

— Quand je t'aurai tout raconté, tu verras que Tony avait bien mérité son châtiment. Où peut-on s'installer confortablement Tony que je puisse raconter cette histoire à ma mère ?

— Je vous ai placé à la table 8 sur la terrasse. Madame Simon, promettez-moi d'écouter ma version avant de tirer des conclusions trop hâtives.

— Bien sûr Tony, je serai un juge impartial, répondit Marta, la main sur le cœur.

Les deux femmes s'installèrent puis Clara commença son explication.

— Je suis certaine que cette histoire va nous faire passer un agréable moment, dit-elle.

— Je n'en doute pas ma chérie. Alors pourquoi Tony a reçu une gifle de ta part ?

— Je me rappelle de cette histoire car c'était le premier jour de la rentrée et que toute la nuit je n'avais pas dormi, espérant être dans la même classe que le fameux Peter O'Brian, tu te souviens le plus beau gosse du collège qui faisait vibrer le cœur de toutes les filles. Ce Peter était en réalité vaniteux et arrogant, mais voilà, il avait un charme fou et je rêvais d'être assise à côté de lui en cours. Donc, me voici arrivée le matin devant la porte du lycée et là, qui vois-je de dos en train de discuter avec un de ses copains : LE Peter O'Brian ! Cheveux marron coupés courts et portant le blouson de son équipe de rugby. Je m'avance doucement dans sa direction tout en essayant de trouver un truc pas trop bête à lui dire, et d'un coup, un espèce de fou me saute dessus me demandant où est la cour dans laquelle l'appel des secondes devait avoir lieu. Cet espèce d'imbécile était tellement arrivé rapidement vers moi qu'il nous fit trébucher et qu'il se retrouva entièrement couché sur moi. Non mais tu imagines, ceci devant des milliers de lycéens qui arrivaient tous à la même heure car c'était le jour de la rentrée ! Et là, complètement étouffée par celui qui se trouvait avachi sur moi, je me mis à entendre des rires et des applaudissements montés de part et d'autre de l'entrée du lycée. D'une main, je fis rouler et repoussa l'idiot, de l'autre je réussis à me redresser et vis Peter me regarder, un large sourire au visage, tournant la tête de gauche à droite, et devant penser : « Cette pauvre fille n'a pas changé, toujours aussi pitoyable ». J'ai alors regardé le jeune qui m'avait fait tomber droit dans les yeux, lui ai envoyé une gifle de toutes mes forces, enfin celles qui me restaient encore tant j'étais désemparée, puis me suis levée pour courir jusqu'à la cour de l'appel. Là, j'ai attendu tête baissée que mon nom soit cité, et lorsque ce fut chose faite, des rires se furent encore entendre. Le pire dans cette histoire, c'est que l'imbécile qui m'avait fait honte devant des milliers de lycéens se retrouva dans ma classe et il est actuellement en train de servir une « 3 fromages » à la table 12.

— Et bien ma chérie, j'ai tellement ri que j'en ai des douleurs au ventre ! dit Marta qui reprenait sa respiration.

— Donc quoique te raconte Tony, sache que pendant les trois années qui suivirent, Peter O'Brian ne me regarda plus jamais, et que Tony Marcello fut assis à côté de moi la majorité du temps passé en classe.

— Oui mais vous êtes finalement devenus de bons amis, alors, tu vois, tu as perdu un copain peut-être mignon mais arrogant, et tu en as rencontré un autre avec qui tu as passé de bons moments, et avec qui tu entretiens une relation amicale encore aujourd'hui.

— Bon alors, elle vous a raconté l'histoire de notre première rencontre ? dit Tony en s'asseyant à leur table.

— Oui Tony, je sais tout et j'ai bien ri, dit Marta avec le sourire.

— Vous savez Madame Simon, je n'ai jamais été maladroit mais pour moi, cette rentrée avait été traumatisante. Nous arrivions d'Italie avec mes parents et ma sœur, car mon père avait été muté à Lyon. Il était prof d'italien et allait enseigner dans un lycée à Villeurbanne. Je ne parlais pas très bien français et je me faisais tellement de souci que je n'avais pas dormi de la nuit et que j'étais arrivé au Lycée la boule au ventre. Donc, quand j'ai vu Clara avancée d'un pas hésitant, je me suis dit que pour elle aussi, cette rentrée devait être une épreuve. Je ne me doutais pas qu'elle avançait doucement car elle était morte de trouille à l'idée de devoir parler à ce flambeur de Peter !

— Je comprends tout à fait Tony, ne t'inquiète pas, dit Marta.

— En tout cas, j'ai eu beaucoup de chance de rencontrer votre fille car ensuite nous sommes devenus de bons amis et aujourd'hui c'est toujours un véritable plaisir de vous recevoir dans mon restaurant.

— Arrête, tu vas nous faire pleurer, dit Clara qui passa la main dans les cheveux de son ami pour les ébouriffer.

— Bon Mesdames quelle pizza vous tente aujourd'hui ? demanda Tony.

— Pour moi une Royale, dit Marta.

— Et pour moi une 3 fromages, dit Clara. Tu nous mettras également un demi-pichet de ton bon rosé que nous apprécions tant.

— Très bien, c'est noté, dit Tony. En tout cas, je suis heureux de te voir, cela fait tellement longtemps que tu n'étais pas passée au restaurant. J'ai essayé de t'appeler plusieurs fois mais je n'ai jamais réussi à te joindre.

— C'est vrai dit Clara, et d'ailleurs je n'ai toujours pas rappelé toutes les personnes qui elles aussi m'avaient laissé un message. Je suis désolée Tony pour ce long silence mais maintenant j'ai retrouvé la forme. Je vais même voyager !

— Et où vas-tu aller ?

— Je vais revoir une amie du collège qui a dû partir vivre à La Réunion suite à la mutation de son père. Tiens un peu comme toi ! Nous nous sommes perdues de vue mais depuis quelques jours, je l'ai retrouvée et elle m'a invitée pour cet été.

— Tu retrouves une amie que tu n'as pas vue depuis de longues années et hop, tu pars la voir à des milliers de kilomètres ? demanda Tony le regard inquiet.

— Ah non, tu ne vas pas faire comme Guillaume et être suspicieux ! Bon de toute façon, Guillaume va certainement me rejoindre là-bas, donc, pas de crainte à avoir.

— C'est vrai ? dit Marta. Tu vas réussir à faire bouger ton frère ? Mais c'est une excellente nouvelle !

— Oui, j'ai fait la proposition à Louise et j'attends sa réponse.

— Bon si ton frère te rejoint, cela me rassure Clara, dit Tony en lui faisant un clin d'œil. Je préfère que ce soit Guillaume plutôt qu'un prétendant !

Le déjeuner se déroula paisiblement. Marta et Clara continuèrent à discuter de leurs voyages respectifs car Marta avait accepté la proposition de son amie Claire et elles avaient planifié leur voyage à l'Ile Maurice pour le mois de novembre.

Elles rentrèrent à la maison vers 14 heures. Marta s'allongea sur un transat dans le jardin et prit un livre. Clara remonta dans sa chambre.

Ai-je reçu une réponse de Louise, pensa Clara. Elle ouvrit sa messagerie puis découvrit que son amie lui avait bien répondu.

Chère Clara,
Je suis ravie que tu aies accepté mon invitation ! J'ai trop hâte de te revoir à présent.
Viens dès que tu le pourras, en fonction des vols disponibles.
Et tu peux rester autant de temps que tu le souhaites. Même si l'école reprend sur l'Ile pendant ton séjour, tu pourras profiter de la plage la journée et nous nous retrouverons dans l'après-midi.
Je serai aussi très heureuse de revoir ton frère Guillaume. Je le comprends, ce n'est pas facile de voir partir sa petite sœur en voyage seule. Lucas est pareil avec moi. Il se fait toujours trop de souci.
Je me suis permise de dire à Lucas que ton frère allait venir et il m'a expliqué qu'un des moniteurs du club allait partir voir

sa famille en métropole et qu'il pouvait lui louer son appartement 3 pièces. Celui-ci est situé à La-Saline-les-Bains qui se trouve à 6 kilomètres de Saint-Gilles. Il propose de lui louer 200 euros la semaine.

Je te laisse en discuter avec ton frère et surtout me donner ta date d'arrivée !!

Je suis tellement contente de te revoir que je ne pense plus qu'à nos retrouvailles !

Je t'embrasse très fort,

Ton amie Loulette.

Clara était soulagée de lire que la présence de Guillaume ne semblait pas être dérangeante. Elle composa immédiatement le numéro de téléphone de son frère.

— Salut sœurette, tout va bien ? répondit Guillaume.

— Oui très bien. J'ai une excellente nouvelle à t'annoncer ! Tu vas pouvoir préparer tes valises ! Louise ne semble pas du tout gênée que tu nous rejoignes et même mieux, elle t'a trouvé un appartement à louer à 200 euros la semaine. C'est celui d'un des moniteurs du club de plongée de son frère qui part voir sa famille et il se situe à La-Saline-les-Bains, à six kilomètres de celui de Loulette. C'est chouette non ?

— En effet, c'est pas mal du tout !

— Il ne reste plus qu'à acheter nos billets d'avion. On pourrait peut-être le faire ensemble, qu'en penses-tu ?

— Comme tu as été une vraie chef jusque-là et que grâce à toi, je vais pouvoir me faire bronzer sur une île paradisiaque, je te propose de me charger de trouver les billets. Tu me rembourseras après. Ça te va ?

— Oui, c'est génial merci. En ce qui me concerne, tu peux me prendre un aller dès que tu en trouveras un disponible et pour le retour, on va dire fin août que je puisse avoir le temps de redescendre sur terre avant la rentrée.

— Ça marche. Moi, j'ai posé les deux dernières semaines d'août, on pourra donc prendre le vol retour ensemble. Bon je regarde cela dans la journée et je te rappelle. Tchao Clara !

— Au revoir Guillaume et merci encore !

Clara raccrocha Il était 16 heures. Elle descendit chauffer de l'eau puis proposa un thé à sa mère qui était toujours en train de lire dans le jardin.

— Tout va bien ma chérie ? As-tu reçu une réponse de Louise ? demanda Marta.

— Oui maman. Elle aussi est très heureuse à l'idée de me revoir bientôt et elle a même trouvé un appartement à louer pour Guillaume qui se situe non loin du sien.

— C'est vraiment un été incroyable non ? Tu as réussi à ouvrir une boîte fermée depuis seize ans et cela va te permettre de bientôt retrouver une amie du collège avec qui tu étais très proche. Et vos retrouvailles vont avoir lieu sur une magnifique île. Que demander de plus ?

— C'est vrai que c'est assez incroyable. Je n'aurais jamais projeté faire tout cela il y a quelques semaines. Comme quoi, la vie est faite de surprises, parfois mauvaises et heureusement parfois magiques.

— Et tu vas acheter tes billets bientôt ?

— C'est Guillaume qui va s'en charger aujourd'hui. Je suis soulagée car lui saura être plus rapide et plus efficace que moi.

— C'est tout de même grâce à toi qu'il va aussi passer de merveilleuses vacances, il peut bien faire cela pour t'aider.

— Je suis heureuse que Guillaume me rejoigne là-bas. Ce sera peut-être la dernière fois que nous partagerons des vacances ensemble. On ne sait jamais s'il trouve l'élue de son cœur !

— Lui ou toi ma chérie, dit Marta le regard posé sur sa fille.

— Je ne suis pas encore prête pour une nouvelle relation maman. Et je n'en ressens même pas l'envie.

— Tu verras qu'un jour tu ne t'y attendras pas et tu rencontreras un jeune homme charmant qui te fera palpiter le cœur. Une nouvelle surprise magique quoi !

— On verra bien, mais je ne suis vraiment pas pressée !

— Bon, en parlant de départ, tu sais que tu vas avoir besoin de ton passeport ou de ta carte d'identité pour voyager et que te connaissant, il vaut mieux les chercher dès maintenant.

— Mais tu as raison maman ! Ma carte d'identité est périmée et je me demande bien où j'ai pu ranger mon passeport ! dit Clara les yeux écarquillés.

— Et bien, je te conseille ma chérie de te lancer dans cette nouvelle recherche au plus vite !

Clara avala son thé d'un trait, puis monta dans sa chambre. Où ai-je bien pu ranger mon passeport, se demanda-t-elle ? Elle s'assit sur son lit, respira profondément puis se mit à réfléchir. Je ne l'ai jamais utilisé jusqu'à présent et je l'ai reçu en avril. A l'époque, je vivais encore avec Marc. Donc soit il est dans mon sac de voyage, soit il est dans la dizaine de cartons entreposés dans le garage que j'ai ramenés avec moi. C'est une chance, cette fois ma recherche est assez limitée, un sac et dix cartons. Je devrais y parvenir sans difficulté. Commençons par mon sac de voyage, et cela me permettra aussi de faire du rangement et de choisir les vêtements à emporter avec moi en voyage.

Clara vida donc son sac sur son lit, tria et replia soigneusement ses habits, une pile prête pour le départ et la seconde qu'elle rangea dans son armoire. Pas de passeport, bon, et bien, je vais devoir m'attaquer aux cartons du garage, pensa-t-elle. Les recherches infructueuses me manquaient presque, songea Clara en soupirant. Si seulement je pouvais me souvenir où je l'ai rangé !

Elle se rendit au garage et regarda pensive la dizaine de cartons qui se trouvaient alignés devant elle. Bon, je n'ai pas le choix, il faut que je retrouve ce passeport vu que je n'arrive pas à retrouver la mémoire ! Elle ouvrit les cartons un par un, déballa chaque contenu puis le remis en ordre à chaque fois. Elle en profita pour remplir deux gros sacs poubelle d'affaires à jeter. Quand elle eut inspecté tous les cartons, elle s'assit par terre, fatiguée par sa recherche qui n'avait rien donnée.

— Salut, puis-je participer à ta séance de méditation ?

Clara sursauta et regarda son frère entrer dans le garage et s'assoir à côté d'elle.

— Je ne médite pas, je suis fatiguée.

— Fatiguée ? Mais par quoi ? Tu as nettoyé le sol du garage à la brosse à dents ?

— Non, je viens de fouiller les cartons que tu vois en face pour trouver mon passeport.

— Et ?

— Devine.

— Tu ne l'as pas trouvé.

— Exact.

— C'est dommage car je nous ai réservé nos vols. Ce n'est pas grave, je dirai à Louise que tu regrettes de n'être pas venue et je te ramènerai un magnifique souvenir de La Réunion. Peut-être que j'arriverai à te trouver un collier possédant des pierres mystérieuses permettant de retrouver la mémoire. Et comme ça, dans un an, tu iras enfin voir ton amie.

— Tu n'es pas drôle Guillaume, dit Clara boudeuse.

— Tu te rends compte que tu passes la moitié de te vie à chercher quelque chose ?

— Oui, mais c'est comme ça.

— Tu perdrais moins de temps à noter sur un carnet le lieu de chaque objet que tu ranges, mieux encore dans un cahier trié par lettre. Et à P comme passeport, tu aurais noté, dans mon sac à main.

Clara regarda subitement son frère les yeux grands ouverts.

— Tu ne vas pas me dire que tu n'as pas regardé dans ton sac à main ?

— Je n'y ai pas pensé, mais c'est le seul espoir qui me reste !

Elle se leva précipitamment, puis courut jusqu'au hall d'entrée où se trouvait son sac à main. Elle vida sur le carrelage tout le contenu de son sac, et brandit fièrement son passeport tout neuf au-dessus de sa tête.

— Super ! Je l'ai retrouvé ! cria Clara.

— Tu n'avais pas regardé dans ton sac à main ! répéta Guillaume.

— Arrête un peu et sois heureux pour moi !

— Ce n'est pas la mémoire qui te manque, c'est du bon sens !

— Tu peux me critiquer autant que tu le souhaites, je m'en fiche maintenant que j'ai retrouvé mon passeport ! Mais d'ailleurs, tu m'as bien dit que tu avais acheté les billets ? Alors, quelles sont les dates de voyage ?

— Je suis navré sœurette mais il est hors de question de te laisser faire le vol aller seule finalement. Ton manque d'organisation m'inquiète fortement, et je n'ai pas envie de retrouver ton crâne réduit par je ne sais quelle tribu indigène parce que tu te seras trompée d'avion !

— Mais tu vas arrêter ! Allez donne-moi ces dates !

— Tu me promets alors de faire un peu attention à ce que tu fais ?

— Oui, c'est promis, tu veux que je crache aussi ?

— Non, ça ira. Bon alors, ma chère Clara, tu décolles ce vendredi 10 juillet à 13 heures 30 de l'aéroport Saint Exupéry et tu arriveras samedi à 6 heures 45 à La Réunion. Ton escale durera un peu plus de trois heures à Paris. C'est ce que j'ai trouvé de mieux !

— C'est pas mal ! Et toi alors ?

— Et bien moi ce sera les mêmes horaires de vol mais le départ aura lieu le vendredi 14 août. Nous rentrerons ensemble par un vol retour le vendredi 28 août.

Guillaume tendit les billets à Clara. Elle les prit avec délicatesse comme s'ils étaient en papier fin et froissable.

— Vendredi 10 juillet, mais c'est dans deux jours ! cria Clara de joie.

— Oui, je t'ai pris le premier vol disponible pour ne pas que tu ais le temps de ressortir ta vielle guitare du fond de ton armoire.

Clara sourit et dit :

— Tu exagères, je ne jouais pas si mal !

— Je n'utiliserais pas le verbe « jouer » pour décrire ce que tu faisais avec ta guitare.

— De toute façon, elle ne doit plus être accordée depuis toutes ces années. Parlons sérieusement, combien je te dois pour les billets ?

— Je t'ai fait suivre le bon de commande sur ta messagerie et tu pourras me faire un virement directement sur mon compte. Je t'ai aussi envoyé un RIB.

— Parfait, je vais envoyer un message à Louise tout de suite pour lui donner ma date d'arrivée et je te ferai le virement dans la foulée. Tu restes dîner ?

— Et comment ! On va fêter notre départ en voyage en dégustant un bon plateau de fruits de mer que je suis passé prendre à la poissonnerie, histoire de se donner un avant-goût des vacances.

— Génial ! J'en ai l'eau à la bouche ! Tu as prévenu maman ?

— Oui, elle a mis une bonne bouteille d'Entre-Deux-Mers au frais, on va se régaler !

— Malgré tous tes défauts, tu es un grand frère extraordinaire tu sais.

— Tu peux me faire une déclaration écrite et la signer ? Car dans un mois tu auras complètement oublié ces gentils mots à mon égard !

— Bon allez, je file écrire à Louise avant le dîner.

— Et moi, je vais ouvrir les huitres que j'ai prises en plus du plateau. Pourras-tu dire à Louise que je la remercie pour la proposition de location et que je l'accepte avec plaisir !

Tous deux se séparèrent. Guillaume se dirigea vers la cuisine où il retrouva Marta et lui donna les dernières informations relatives aux voyages.

Clara monta dans sa chambre et saisit avec beaucoup d'enthousiasme son message suivant pour Louise.

Chère Loulette,
J'ai du mal à contenir ma joie tant elle est immense mais ça y est, les billets d'avion pour l'aéroport de Saint-Denis sont sous mes yeux !
J'arriverai par le vol AF7390 ce samedi à 6H45. Je prendrai un taxi et te rejoindrai à ton appartement. Peux-tu me donner

ton adresse exacte ?

Guillaume lui arrivera le 15 août et nous repartirons ensemble le vendredi 28 août.

Il accepte la proposition de louer l'appartement du moniteur travaillant au club de plongée de Lucas et te remercie d'avoir fait les recherches.

Comme je suis impatiente de te revoir ! J'ai l'impression d'être une jeune adolescente recevant sa première invitation au bal de fin d'année !

As-tu besoin de quelque chose de la métropole ? Surtout n'hésites pas à me le dire, car demain, ma journée sera consacrée à finaliser les préparatifs du départ !

Je t'embrasse très fort,

Clara

Après avoir envoyé son message, Clara appela sa sœur Ariane pour lui raconter les derniers jours qu'elle avait vécus depuis l'ouverture de sa boîte en bois. Ariane était ravie pour sa sœur et lui fit promettre de prendre soin d'elle et de faire attention tant que Guillaume ne serait pas avec elle sur l'île. Après avoir raccroché, Clara se demanda bien pourquoi tout le monde se faisait tant de souci de la savoir à La Réunion en vacances. Je sais que je suis tête de linotte, mais tout de même pas assez pour me perdre et en oublier jusqu'à mon nom !

Elle rejoignit sa mère et son frère qui l'attendaient à la salle à manger.

Le dîner fut un réel délice. Clara et Guillaume s'accordèrent sur le fait que leurs repas à La Réunion allaient être formidables s'ils étaient aussi bons que celui-là.

Vers 23 heures, après avoir terminé par un nougat glacé, tous trois se séparèrent pour aller se coucher. Guillaume resta dormir dans sa chambre cette fois-ci, mais dit à Marta et à Clara qu'il serait certainement déjà parti le lendemain matin quand elles se réveilleraient.

Avant de se coucher, Clara regarda si un nouveau message était arrivé mais comme ce n'était pas le cas, elle s'allongea puis s'endormit aussitôt d'un sommeil profond.

Vers 6 heures, elle fut réveillée par le bruit de la douche que faisait couler son frère et se rendormit quelques minutes après.

Puis, elle se réveilla à nouveau vers 8 heures et sentit la bonne odeur du café que préparait sa mère. Elle se leva, alla se doucher, puis revêtit un jean délavé et un débardeur à bretelles rose fuchsia. Aujourd'hui, je vais consacrer la journée à préparer mon sac de voyage, et à trouver un beau cadeau pour Louise.

Elle descendit les escaliers menant à la cuisine, embrassa sa mère qui buvait un café, s'en servit un et s'installa en face de Marta.

— Comment vas-tu ce matin ma chérie ? demanda Marta.

— Je vais vraiment bien maman. Je n'arrive pas à croire que demain, je m'envole pour La Réunion.

— Oui, c'est fantastique et je suis heureuse pour toi.

— Je vais aller à Meximieux aujourd'hui trouver un beau cadeau pour Louise. Souhaites-tu m'accompagner ?

— Merci pour cette gentille proposition mais Claire va bientôt arriver et rester la journée à la maison. Elle a dû faire toutes les agences de voyage à vingt kilomètres à la ronde et souhaite me montrer toute la documentation qu'elle a trouvée sur l'Ile Maurice. Et compte tenu du nombre de magazines que nous allons devoir lire, je ne suis même pas certaine qu'une journée soit suffisante !

— Elle doit être tellement contente de faire ce voyage que rien ne va l'arrêter à présent !

— Oui, un peu comme toi quand tu as une idée en tête !

Les deux femmes se mirent à rire puis discutèrent encore des voyages à venir.

Vers 10 heures, Claire arriva un carton dans les mains. Clara la salua puis laissa les deux amies découvrir ensemble toutes les brochures.

Elle monta dans la voiture de sa mère puis roula jusqu'au parking du centre-ville de Meximieux. Elle ne savait pas quel cadeau pourrait faire plaisir à son amie mais elle était certaine que l'inspiration allait survenir en parcourant les boutiques. Elle longea les magasins de la rue centrale puis s'arrêta devant une bijouterie. Elle vit alors, mise en valeur par un éclairage ciblé, une paire de boucles d'oreilles ornés de magnifiques cristaux couleur vert émeraude, ressemblant étrangement aux galets en verre agrémentant sa boîte en bois. Que cette paire est magnifique, pensa Clara. De plus, elle ferait ressortir les beaux yeux turquoise de Louise. C'est le cadeau qu'il lui faut ! Clara entra dans la bijouterie puis acheta les boucles d'oreilles. Elle remarqua également une jolie paire avec deux perles de Tahiti dans les tons bleu et vert, surmontée d'une légère nuance de rose. Elle les acheta également pour les offrir à sa mère. Il était midi quand elle eut terminé tous ces achats et décida de se prendre un sandwich avant de rentrer chez sa mère.

Elle arriva vers 14 heures chez Marta et rejoignit les deux amies dans le salon. Les magazines étaient éparpillés sur le sol et des pages étaient marquées par des post-it.

— Waouh, dit Clara, vous avez dû travailler dur depuis ce matin à faire toutes ces recherches !

— Oui on peut être fières de nous, la préparation du voyage a bien avancé !

— As-tu trouvé tout ce que tu cherchais en ville ? demanda Marta.

— Oui, et même davantage, tiens maman ce cadeau est pour toi, dit Clara en tendant le petit paquet à sa mère.

— Mais il ne fallait pas ma chérie, on a déjà discuté et je n'ai besoin de rien.

— Vu la taille du paquet, dit Claire, je suppose que ce cadeau doit être précieux !

Marta déballa son cadeau et Clara vit le visage de sa mère s'illuminer en découvrant la paire de boucles d'oreilles.

— Elles sont magnifiques Clara, dit Marta, merci beaucoup, j'adore les perles de Tahiti !

— Je suis heureuse qu'elle te plaise maman.

— Je t'ai sorti la grande valise de mon armoire, prends-la, elle protégera davantage tes affaires que ton sac de voyage.

— Super, merci. Bon et bien je monte la remplir. Continuez bien toutes les deux à peaufiner votre beau voyage !

Clara monta la valise dans sa chambre et passa le reste de l'après-midi à préparer ses affaires. Vers 18 heures, elle regarda à nouveau sa messagerie et découvrit une nouvelle réponse de Louise.

Salut Clara,

Je te donne mon adresse mais il est hors de question que tu prennes un taxi, je viendrai te chercher ! Je suis tellement contente de te voir que chaque minute compte !

Je n'ai besoin de rien, tu verras ici, on trouve tout.

Je suppose que tu dois être en train de préparer ta valise !

Alors surtout n'oublie pas ton maillot de bain, une paire de chaussures de marche et un jogging !

Je nous ai concocté un petit programme des vacances pas mal du tout ! Quand tu repartiras en métropole, si tu veux repartir un jour, tu connaitras cette île aussi bien que moi.

Mon frère Lucas t'a aussi inscrite pour quelques plongées, j'espère que tu aimes l'eau.

Bon je te laisse te préparer et je j'embrasse très fort.

A demain ! Rien que d'écrire « demain », j'en ai des frissons !

Loulette

Clara garda le sourire pendant toute la lecture du message.

Oui, à demain Loulette, pensa-t-elle. Bon, le maillot de bain et le jogging sont dans la valise, mais je n'ai pas vraiment des chaussures de marche. J'ai mis mes baskets, je pense que ça fera l'affaire. Et puis, comme le dit Loulette, on trouve pas mal de choses là-bas, alors, en cas de besoin j'achèterais l'équipement de la parfaire randonneuse sur place.

« Si tu veux repartir un jour » relut Clara. Il est certain que je rentrerai Louise. Ma famille me manquerait trop si loin. Je ne pourrai pas voir grandir ma petite Anaïs et cela n'est pas du tout envisageable !

La sonnerie du téléphone la sortit de ses réflexions.

— Salut Clara !

— Salut Guillaume, ça va ?

— Oui, et toi ? Prête pour le départ ?

— Ca y est oui, j'ai terminé de remplir la valise que m'a prêtée maman.

— Bon demain, je viens te chercher à 9 heures 30 et je t'emmène à l'aéroport, ça te va ?

— C'est gentil, mais ne t'embête pas, je prendrai un taxi. Toi, tu travailles demain.

— Je me suis débrouillé et je commencerai un peu plus tard. Donc pas de discussion possible, je t'emmène.

— D'accord, merci beaucoup alors.

— Clara ?

— Oui.

— Je ne veux pas paraître angoissé mais promets-moi de faire attention à toi là-bas, d'accord ?

— Mais pourquoi as-tu si peur ? Je vais sur une île dont je parle la langue et en plus, je vais retrouver une amie.

— Je ne sais pas, depuis que tu m'as parlé de ce voyage, je ressens comme une crainte, un peu comme une mauvaise intuition.

— Ne t'inquiète pas, tout va bien se passer, et tu le verras quand tu me rejoindras. C'est rare de te voir aussi sérieux.

— Je le suis car je me fais du souci pour toi.

— Bon je t'enverrai un SMS tous les soirs, et si un soir je ne le fais pas, tu enverras la cavalerie, d'accord ?

— OK, ça me va. A demain alors et n'oublie pas de mettre ton réveil !

Clara n'eut pas besoin d'entendre la sonnerie de son réveil. Après une soirée très agréable passée en compagnie de sa mère, elle alla se coucher mais ne trouva pas le sommeil. Les inquiétudes de son frère la gênaient et la firent réfléchir une bonne partie de la nuit. Elle s'endormait puis se réveillait peu de temps après. Si bien que vers 7 heures, elle arrêta l'alarme puis se leva. Une bonne douche tiède la remit sur pied. Elle décida de mettre des habits confortables pour le voyage et vêtit un legging noir avec un long tee-shirt blanc sur lequel était dessiné un flamand rose.

Elle prépara le café puis en but deux tasses avant que Marta se lève à son tour.

— Et bien ma chérie, tu es déjà debout ? Tu es impatiente de partir c'est ça ?

— Oui, c'est ça maman, dit Clara ne voulant pas parler à Marta des inquiétudes de son frère.

— Tu as bien pensé à tout ? Tu as vérifié que ton passeport et tes billets sont bien dans ton sac à main ?

— Oui, je l'ai vérifié trente fois. Dans vingt ans, je me reverrai encore vérifier ce sac tant je l'ai fait ce matin !

— Bon, c'est parfait alors. Aujourd'hui, c'est moi qui vais savourer ton café.

9 heures 30 arriva très vite et Guillaume se gara dans la cour. Clara embrassa sa mère puis le rejoignit.

— Salut sœurette, ça va ?

— Nickel et toi ?

— J'ai passé une nuit un peu agitée, mais la douche de ce matin m'a redonné des forces, répondit Guillaume en baillant.

— Encore merci de m'emmener à l'aéroport, dit Clara ne souhaitant pas reparler avec Guillaume des inquiétudes qu'il avait.

Le trajet jusqu'à l'aéroport fut silencieux. Chacun était perdu dans ses pensées.

Guillaume gara sa voiture au dépose-minute, serra sa sœur dans ses bras puis repartit directement.

Clara se dirigea au comptoir d'enregistrement, y déposa sa valise puis décida de patienter dans la salle d'embarquement. Elle n'arrêtait pas de penser aux craintes de Guillaume. Elles ne sont pas fondées, pensa-t-elle. Mon frère a juste peur de me savoir à des milliers de kilomètres d'ici. Il ne se rappelle plus de Louise, c'est pour cela qu'il pense que je serai seule. Allez, il faut chasser ces pensées négatives, je pars revoir mon amie et je vais découvrir une île magnifique ! J'aurais peut-être dû demander à Louise son numéro de téléphone, cela me fait penser d'ailleurs qu'elle a oublié de me donner son adresse dans son dernier message. Arrête de te torturer l'esprit, tout va bien se passer, mais pourquoi Guillaume m'a-t-il parlé de ses craintes, je m'en serais bien passée !

L'appel pour embarquer arriva à point nommé et sortit Clara de ses pensées. Elle monta dans l'avion et découvrit qu'elle était placée à côté d'un hublot. Super, pensa-t-elle, je vais pouvoir faire de belles photos. Elle vérifia qu'elle avait bien mis son appareil photos dans son sac à main. Ouf, je l'ai, sinon, j'aurais été bien triste, pensa Clara soulagée.

L'escale à Paris passa plus vite que ne l'avait imaginé Clara, et le vol pour Saint-Denis se déroula dans de bonnes conditions. Une seule chose embêtait Clara, c'est qu'elle n'arrivait pas à profiter pleinement de son voyage car elle n'arrêtait pas de se demander pourquoi son frère avait si peur de la voir partir. Lui qui est toujours en train de plaisanter, le voir si sérieux et préoccupé me surprend vraiment, n'arrêtait pas de penser Clara. Je lui enverrai un SMS dès mon arrivée et de cette façon, il sera rassuré de me savoir à bon port.

L'avion atterrit à 6H40 à l'aéroport Roland Garros de La Réunion.

8

Clara descendit de l'avion puis se dirigea vers le carrousel à bagages. Elle fut une des premières personnes à récupérer sa valise sur le tapis roulant. Elle se dirigea vers le contrôle des douanes puis passa la porte automatique pour se rendre dans l'aérogare. Elle balaya du regard la salle dans laquelle elle arriva mais ne vit pas de jeune femme ressemblant à Louise.

Elle doit avoir du retard, pensa Clara. Elle s'assit sur une chaise située proche de la porte qu'elle venait de passer. Elle regarda les personnes arrivant comme elle dans l'aérogare et ne put que sourire en voyant toutes les embrassades, les accolades, les cris de joie et les pleurs non étouffés. Beaucoup de personnes ayant voyagé avec elle, venaient retrouver leur famille et ces retrouvailles étaient parfois très émouvantes. Des chauffeurs de taxi tenaient entre leurs mains des pancartes avec écrit dessus des noms de famille ou ceux de sociétés. Elle lut à tout hasard ces noms mais ne vit pas le sien. On ne sait jamais, Louise aurait pu avoir un empêchement et aurait demandé à un taxi de venir me chercher, mais non, ce n'est pas le cas.

Elle regarda sa montre. Il était 7 heures 50. Je boirais bien un café, songea-t-elle. Elle se dirigea vers une machine proposant des boissons chaudes et fit couler un expresso. Lorsqu'elle se retourna pour aller s'assoir à nouveau, la porte automatique donnant sur l'extérieur de l'aéroport s'ouvrit et laissa entrer une jeune femme aux cheveux blonds relevés en chignon, aux yeux bleus turquoise mis en valeur par une peau bronzée.

Louise.

Clara regarda son amie. Loulette avait l'air inquiet et marchait d'un pas pressant vers la zone d'arrivée. Elle monta sur la pointe des pieds pour parvenir à voir par-dessus les épaules des personnes attendant famille ou amis. Louise regarda sa montre et scruta les chaises proches des grandes baies vitrées donnant sur le parking extérieur, puis se dirigea vers les grandes fenêtres.

Clara déposa son gobelet dans une poubelle puis marcha en direction de Louise.

— Bonjour Louise, dit Clara.

Louise se retourna immédiatement et regarda Clara, les yeux écarquillés et légèrement humides.

— C'est toi Clara ?

— Oui, c'est moi et je suis vraiment heureuse de te voir.

Louise fit un bond, se retrouva devant Clara, la prit dans ses bras et la serra tellement fort que Clara ne put qu'éclater de rire.

— Comme je suis contente et soulagée!, dit Louise, j'ai cru que je n'arriverais jamais à l'aéroport ce matin.

— Si tu veux que je reste en vie, il va falloir me lâcher, dit Clara toujours en riant.

— Oh excuse-moi Clara ! J'ai tellement eu peur de ne pas arriver à temps que je laisse maintenant exploser ma joie !

— Mais que s'est-il passé Loulette ?

— Une fuite de gaz s'est produite vers 4 heures du matin dans mon quartier, les pompiers ont dû bloquer les routes et aucune voiture ne pouvait circuler. Si tu savais ce que j'ai eu à faire pour arriver à passer !

— Euh rien d'indécent j'espère ?

— Non, bien sûr que non ! J'ai mis un oreiller sous ma robe, je suis montée dans ma voiture et en arrivant vers le pompier qui surveillait ma rue, je lui ai crié que j'avais perdu les eaux et qu'il fallait que j'aille à la maternité au plus vite !

— Tu n'as pas fait ça ? Mais le pompier ne t'a pas proposé de l'aide ?

— Heureusement c'était une jeune recrue et quand je lui ai dit que je sentais la tête arrivé, il est devenu tout blanc, a bafouillé des mots que je n'ai pas compris et il m'a laissé passer en me souhaitant bonne chance.

Les deux amies rirent de bon cœur et se serrèrent à nouveau dans les bras l'une de l'autre. Les personnes marchant autour d'elles n'auraient jamais pu deviner que ces deux-là ne s'étaient pas vues depuis seize ans.

Louise prit son amie par la main, la valise de Clara dans l'autre et l'emmena à l'extérieur. Elles arrivèrent sur le parking et montèrent dans la Peugeot 308 de Loulette.

— Je n'en reviens pas que tu sois là, dit Louise.

— Et moi donc ! Je n'aurais jamais pensé te retrouver après tant d'années !, répondit Clara

— Es-tu prête pour de superbes vacances sur l'île ?

— Plus que prête !

— Je te propose d'aller déposer ta valise chez moi, comme cela tu verras où tu vas vivre ces prochaines semaines, puis nous irons boire un café en bord de mer. Cela te convient ?

— Oui, c'est parfait !

L'appartement de Louise se trouvait au second étage d'une petite résidence donnant sur le port de plaisance. Louise l'avait aménagé avec beaucoup de goût. Le style de meubles exotique aurait plu à Marta, pensa Clara. La terrasse donnait sur le port où étaient alignés de nombreux bateaux de pêche.

Louise fit découvrir à son invitée le centre de Saint-Gilles. Clara fut surprise par le nombre de couleurs différentes présentes dans la ville, provenant des boutiques, des magasins, des boîtes de nuit, des restaurants, mais aussi des maisons créoles.

Au bout d'une heure de marche, elles s'assirent à la table d'un bar donnant sur la plage des Roches Noires, à proximité du port de plaisance. Quelques surfeurs profitaient des vagues dans leur zone réservée et des personnes se baignaient proche de la digue pour être protégées du vent.

— C'est un endroit paradisiaque ! lança Clara.

— Et tu n'as encore rien vu ! Quand tu auras découvert tous les joyaux de cette île, tu demanderas ta mutation ici ! répondit Louise.

— Et dire que Guillaume était inquiet pour moi.

— Ton frère est de nature anxieuse ?

— Non, pas du tout, au contraire, il est toujours en train de me taquiner et de faire de l'humour. C'est pour cela que de le voir aussi inquiet m'a vraiment surprise.

— Lucas aussi se fait toujours du souci pour moi. Dès que je pars à plus de vingt kilomètres et qu'il est au courant, je dois lui envoyer un SMS ! Même mon père ne me demande plus ce genre de chose là ! Parfois, j'ai l'impression d'être une gamine de dix ans.

— Lucas et Guillaume vont bien s'entendre alors, car j'ai mission de lui envoyer un SMS tous les soirs !

Les deux amies commandèrent deux bières réunionnaises Bourbon et trinquèrent à leurs retrouvailles.

9

Clara était déjà sur l'île depuis une semaine et elle avait pu constater le programme chargé que lui avait préparé Louise.

Elles parcoururent en voiture une route impressionnante composées de centaines de virages le long de hautes falaises, pour atteindre le cirque de Cilaos, et là, elles dégustèrent un plat de lentilles cultivées dans cette partie de l'île.

Elles visitèrent le magnifique conservatoire botanique national de Mascarin à Saint-Leu. Clara n'avait jamais vu autant de variétés de plantes, d'arbres et de fleurs exotiques, harmonieusement aménagées dans ce merveilleux parc. Au retour, elles s'arrêtèrent en bord d'océan pour admirer le Souffleur de la Pointe au Sel. Sous les coups répétés de la houle, un violent jet d'embruns montait dans les airs jusqu'à plusieurs mètres. Clara resta bouche bée devant cette curiosité naturelle.

Depuis Saint-Gilles, elles partirent en bateau faire une croisière à la découverte des dauphins. Le rendez-vous fut un véritable succès. Les dauphins étaient tellement nombreux que Clara pouvait presque les toucher du bout des doigts.

Elles montèrent en hélicoptère et survolèrent le cirque majestueux de Mafate. Depuis leur engin, les deux amies purent admirer la végétation abondante du site, les pitons, ravines, et forêts. Clara survola cette beauté de la nature à plusieurs mètres de haut mais se sentit toute petite face à l'immensité de ce paysage si grandiose.

Un matin, elles partirent au cirque de Salazie, véritable paradis du chouchou, cette plante vivace composée de lianes de plusieurs mètres de longueur et dont le fruit en forme de poire se consomme le plus souvent en daube ou en gratin. Clara découvrit un nombre incroyable de cascades et de fleurs. En chemin, elles s'arrêtèrent à la mare à poule d'eau, un site rempli d'oiseaux de toutes les couleurs.

Elles profitèrent aussi de moments paisibles sur la plage ou à faire les boutiques. Quand, Clara n'avait pas le souffle coupé par les magnifiques paysages qu'elle découvrait, elle discutait avec son amie. Les conversations étaient souvent vives et animées, elles avaient seize ans à rattraper, et comme l'avait pensé Guillaume, s'il avait été là, il n'aurait pas pu en placer une ! Elles ne se couchaient jamais avant deux heures du matin et ne s'endormaient que parce que leurs yeux ne pouvaient plus rester ouverts. Clara arriva à parler de Marc sans le traiter de tous les noms. Sa peine était enfin apaisée et cela la rendait heureuse. Louise, elle, ne souhaitait pas encore vivre avec un homme de façon définitive, alors, elle flirtait surtout. Elles riaient souvent en se disant qu'elles étaient comme deux adolescentes en train de parler de leurs petits bonheurs et de leurs petits chagrins et que chacune d'elle était heureuse ou malheureuse du bonheur ou du chagrin de l'autre.

Clara se sentait bien avec son amie et toutes les deux ne se quittaient pas de la journée. On aurait encore pu dire, comme il y avait seize ans, que là où se trouvait Louise, se trouvait également Clara.

Les craintes du départ s'étaient envolées. Mais Clara ne manquait pas d'envoyer chaque soir un SMS à son frère en mettant un peu d'humour dans ses courtes phrases : « Aujourd'hui, j'ai croisé un python, mais c'est moi qui l'ai étouffé de bisous », « J'ai

démarré un élevage de mygales et j'ai hâte de te les montrer ! »,
« Aujourd'hui, Mitsi, ma dernière-née s'est échappée et je t'attends
pour la retrouver », « Sois rassuré, Mitsi a été retrouvée, elle avait
tissé sa toile sous mon oreiller ».

Elle faisait lire à chaque fois son SMS à Louise avant de
l'envoyer. Et à chaque envoi, Louise lui disait qu'elle était terrible
avec son frère et qu'elle mériterait toutes les remontrances qu'il lui
ferait à son arrivée. Loulette fit remarquer à son amie que l'île ne
possédait aucun animal dangereux à part certaines espèces au large
dans l'océan. Clara se risqua alors à poser la question.

— C'est vrai ? demanda Clara. L'île ne possède pas d'animal
dangereux à part dans l'océan ?

— Oui, c'est vrai. Nous avons la chance de vivre sur une île
merveilleuse garantie « sans mauvaise rencontre » si tu restes sur la
terre ferme !

— Et as-tu déjà connu quelqu'un s'étant fait attaquer par un
requin ? demanda Clara.

— Non, pas vraiment, dit Louise hésitante. En parlant d'océan,
sais-tu ce que nous allons faire demain ?

Depuis son arrivée, les deux amies avaient longuement discuté
de leur famille respective, mais Louise n'avait jamais parlé de sa
mère. Au début, Clara n'avait pas osé lui poser de question puis,
ensuite, elle avait trouvé que cela aurait été déplacé de s'en soucier
plusieurs jours après.

Clara regarda son amie dans les yeux et s'avança doucement
vers elle.

— Louise, avant que tu me parles du magnifique programme
de demain, car je suis certaine qu'il le sera, j'ai une question à te
poser.

— Tu sembles bien secrète, répondit Louise.

— Voilà, avant de venir sur l'île, une chose m'avait surprise quand tu m'avais donné des nouvelles de ta famille dans un de tes messages. Tu avais cité tes deux frères, ton père, mais tu n'avais pas parlé de ta mère. Sur la photo celle-ci n'apparaissait pas non plus. Alors, j'ai fait des recherches sur internet et je suis tombée sur un article disant que ta mère avait disparu et que sa robe déchirée et tâchée de sang avait été retrouvée au large. Et depuis que je suis arrivée, on a souvent discuté de nos familles et tu ne m'as toujours pas parlé de ta mère.

Louise regardait son amie sans rien dire, Clara continua.

— Je veux que tu saches Loulette que lorsque j'ai lu cet article, je me suis sentie vraiment triste et j'ai alors compris pourquoi tu avais cessé de m'envoyer des nouvelles. Si j'avais été auprès de toi, j'aurais pu te soutenir de toutes mes forces. Maintenant, le temps a passé et je souhaite juste m'assurer que tu vas bien et que tu n'as plus besoin de mon soutien.

Clara s'arrêta de parler. Louise avait baissé la tête. Depuis, son arrivée, Clara ne connaissait qu'une Louise rayonnante, débordante d'énergie, et très joueuse, alors, la voir si triste et fermée soudainement lui creva le cœur.

— Excuse-moi Louise si je t'ai fait de la peine en reparlant de ce drame, mais ne pas en parler n'était pas concevable pour moi et cela devient trop lourd à porter. Nous sommes amies et tu connais à peu près chaque détail de ma vie à présent, tout comme je connais les tiens. Alors, ne pas savoir ce qui est arrivé à ta maman et surtout ne pas savoir comment tu le vis est un immense vide que je voudrais combler.

Louise releva la tête et regarda son amie dans les yeux. Les siens étaient humides, mais aucune larme ne coula.

— Je comprends Clara, et pour moi aussi, ne pas te parler de ma mère est lourd à supporter. A vrai dire, j'ai tellement pris l'habitude de ne pas en parler que cela est presque devenu un tabou. Je ne savais pas comment aborder le sujet. Mais bon, maintenant que tu es au courant, cela m'enlève une épine du pied.

— Tu n'en parles jamais ?

— Non, jamais depuis bientôt seize ans.

— Que s'est-il passé Louise ?

Louise prit une grande inspiration et commença à raconter :

— Le 9 juillet 1999, ma mère était sortie le matin faire quelques achats pour meubler notre nouvel appartement. Elle avait pris la voiture, nous avait dit qu'elle rentrerait pour déjeuner et qu'elle rapporterait des pizzas. C'était un vendredi et elle voulait en profiter pour faire les magasins avant le week-end. Mon père lui travaillait déjà à la gendarmerie. Avec mes deux frères, nous avions décidé d'aller nous balader au centre-ville. Nous sommes rentrés vers midi mais maman n'était pas encore à la maison. Mon père arriva une demi-heure après nous et il fut aussi étonné de ne pas voir ma mère. Il nous dit alors que maman l'avait appelé vers 11 heures et que comme elle avait terminé ses achats, elle allait se promener sur la plage de l'Ermitage. C'est celle où nous sommes allées nous baigner hier, celle qui se trouve après la plage des Roches Noires.

Clara fit un signe affirmatif de la tête mais ne coupa pas son amie.

— Nous avons attendu une heure à la maison, puis nous sommes allés sur la plage où devait être maman. Nous avons retrouvé la voiture garée à proximité de la plage. Pendant deux heures, nous avons cherché partout sur la plage et dans les environs, mais rien. En fin d'après-midi, mon père est allé signaler la disparition de maman, et à partir de là, les recherches ont démarré sur terre et dans l'eau. Le lendemain, vers 5 heures du matin, une équipe de plongeurs de la brigade de gendarmerie nautique a retrouvé la robe que portait ma mère déchirée et tâchée de sang. Une enquête judiciaire a été ouverte et menée par la section de recherches de Saint-Denis. Cette enquête a duré plusieurs semaines. Ma mère n'a pas été retrouvée, ni son corps d'ailleurs. Ce jour-là, la baignade était à proscrire car le phénomène de conjoncture du vent, de la houle et de la marée provoquait des courants très puissants. C'est parfois le cas sur cette plage. Les conclusions de l'enquête ont été celles-ci : ma mère a voulu se baigner, mais s'est fait emporter par ces courants et s'est tuée sur la barrière de corail. L'hypothèse du requin a été abandonnée car il aurait été certainement vu et aucun animal n'avait été signalé ce jour-là. Son corps aurait alors pris le large au-delà du lagon ou se serait engouffré dans la passe, l'ouverture que je t'ai montrée hier entre le récif corallien. Les courants sont d'autant plus forts au niveau de la passe.

Louise s'arrêta de parler.

— Je peux te poser quelques questions ? demanda Clara à son amie. Je ne veux pas te faire repenser à ces mauvais moments, mais certains points me font réfléchir.

— Oui, bien sûr. D'ailleurs, cela fait tellement longtemps que je n'en ai pas parlé et tellement longtemps que je garde tout pour moi, que de te raconter ce qui s'est passé me fait du bien.

— Je me demande pourquoi ta maman se serait baignée en robe et qui plus est, alors que de forts courants étaient présents.

— On a posé la question à l'époque. L'hypothèse est que ma mère aurait voulu dans un premier temps se promener en marchant dans l'eau. L'Ermitage est souvent une destination des familles avec de jeunes enfants, car l'eau n'est pas profonde en bord de plage. Puis elle se serait approchée trop prêt d'une zone profonde et se serait fait emporter malgré elle.

— Et personne ne l'aurait vu se noyer ?

— La baignade était interdite et le vent très fort, la plage n'était plus surveillée et peu fréquentée.

— C'est vraiment étrange que son corps n'ait jamais été retrouvé, non ?

— Oui, je ne suis pas une scientifique mais je me rappelle que les enquêteurs nous avaient expliqué que dans un premier temps le corps de ma mère avait dû couler au fond de l'eau. Puis sous l'impulsion de la putréfaction et des gaz formés, il allait se remettre à flotter. Alors, avec Lucas, nous avons scruté l'océan des semaines entières. Mais son corps a dû être emporté par d'autres courants.

— Tu avais quinze ans à l'époque ma Loulette, comment as-tu vécu tout cela ?

— Et bien, au début, je ne voulais pas croire que maman avait disparu en mer. Lucas non plus d'ailleurs. Alors, nous avons passé des heures entières à faire notre propre enquête. Nous sommes allés voir toutes les boutiques, les bars, les restaurants, tous les lieux où ma mère aurait pu se rendre, et nous montrions une photo d'elle. Les personnes que nous avons rencontrées avaient pour la plupart déjà vu un enquêteur mais, à chaque fois, elles repassaient du temps avec nous et ce temps nous a permis finalement de nous faire une raison. Je me demanderai toujours pourquoi ma mère avait voulu se baigner, mais je n'aurai jamais de réponse. Te souviens-tu comme elle était Clara ? C'était une mère attentionnée et une femme aimante. Rien que sa présence ou son sourire suffisait à nous apaiser quand nous étions tristes. Elle était tendre, patiente, et active. Elle aimait la vie. Quand après des semaines, son corps n'a pas été retrouvé et l'enquête close, j'ai alors compris que c'en était terminé et que je ne reverrai ma mère qu'en rêve ou dans mes pensées.

— Et ton père, comment a-t-il vécu la disparition de ta maman ?

— C'est à cause de mon père que le sujet est devenu tabou à la maison. Il n'approuvait pas l'enquête que nous menions de notre côté avec Lucas. Il n'arrêtait pas de nous dire que les enquêteurs faisaient leur travail et qu'il ne fallait pas entraver leurs recherches. Il ne parlait jamais de maman et quand nous démarrions une conversation sur elle, il changeait systématiquement de sujet. Moi, ça me faisait du mal car j'avais besoin de parler d'elle. Lucas me disait que papa réagissait comme cela à cause de sa peine. Mais moi, je ne le comprenais pas. Il semblait si détaché que pendant très longtemps, je lui en ai voulu énormément.

— Et ensuite ?

— Ensuite, j'ai arrêté de parler de maman. Lucas en a fait de même. Léon n'avait que trois ans, alors lui, a eu encore longtemps besoin de poser des questions. Avec Lucas, nous veillions à lui donner toutes les réponses, souvent quand papa n'était pas présent. Léon savait d'ailleurs à quel moment nous interroger. Du haut de ses trois ans, il avait remarqué qu'il ne fallait pas parler de maman en présence de papa. Les années ont passé mais maman nous a laissé des traces en chacun de nous. Un jour Lucas m'a avoué que s'il avait décidé de devenir plongeur c'était dans l'espoir de ressentir la présence de maman sous l'eau. Et moi, je suis devenue institutrice pour à mon tour, pouvoir aider des enfants dans leur l'apprentissage de l'école, aussi patiemment et tendrement que maman l'avait fait pour nous.

— Et depuis ces seize ans qui ont passé, est ce qu'un jour, tu as discuté avec ton père de ce manque qu'il a provoqué en ne voulant pas parler de ta mère ?

— Non, jamais. Tu sais Clara, il n'y a pas un jour sans que je pense à elle, et ne pas savoir ce qui s'est réellement passé est une véritable torture. Mais voilà, on ne peut que faire confiance aux conclusions de l'enquête, on n'a pas le choix.

— Je comprends Loulette. Merci de m'avoir expliqué tout cela et j'espère que cette conversation ne t'a pas trop bouleversée.

— Non, je dirais même qu'elle m'a fait du bien. Je me sens comme libérée d'une petite partie de mon fardeau !

— J'en suis heureuse alors, et tu sais que si tu as besoin de te confier à nouveau, alors, je suis là et vraiment là ! D'accord ?

— D'accord Clara, merci en tout cas.

— Alors, est ce que je peux savoir quel beau programme tu nous as préparé pour demain ?

— Lucas souhaite te faire passer ton baptême de plongée !

— Euh, tu es sûre ? Moi, j'aime bien admirer les poissons et je trouve que c'est pratique dans un aquarium. On pourrait visiter celui de Saint-Gilles, il a l'air sympa, non ?

Louise se mit à sourire et dit à son amie :

— Toi, tu as la trouille ! C'est ça ?

— Pas du tout, c'est juste que je ne veux pas déranger ton frère, alors que l'aquarium se trouve à cent mètres du port.

— Si, toi tu as la trouille !

— Bon d'accord, j'ai peur !

— Alors, n'aie pas de crainte. Mon frère est un des meilleurs moniteurs de l'île et je plongerai avec vous. Je me chargerai de prendre tes premiers instants sous l'eau en photo !

— Comme ça, toute ma vie, je pourrai revivre la peur que je vais avoir en regardant les photos, c'est parfait !

— Tu es incroyable ! Arrête de te tourmenter, tu verras que ce n'est pas si terrible !

— C'est facile pour toi, tu sais déjà ce que c'est !

— Et toi, demain tu le sauras aussi !

Louise poursuivit la soirée à essayer de raisonner son amie pendant que Clara essaya, elle, de trouver une bonne excuse pour ne pas plonger le lendemain.

10

— Mais regardez qui voilà ! Salut Louise ! Et toi, tu dois être Clara, c'est ça ? dit Lucas, en regardant les deux amies arriver tout en buvant un café.

Il était installé sur une des chaises, autour de la table placée devant le local du club et se leva d'un bond pour les accueillir. Il avait les mêmes yeux que Louise, le teint bronzé et des cheveux blonds coupés très courts. Louise et Lucas se ressemblent vraiment, pensa Clara.

— Salut Lucas ! répondit Louise. Et oui, tu as raison, laisse-moi te présenter Clara.

Louise prit son amie par la main, et la poussa devant elle.

— Je ne savais pas que ton amie était timide, dit Lucas à l'intention de sa sœur.

— Elle ne l'est pas, elle a juste peur à l'idée de faire sa première plongée, répondit Louise.

— Ah, ce n'est que ça, bon alors, Clara assieds-toi vers moi, je vais t'expliquer certaines choses et après, tu me diras si ce baptême te tente ou pas.

Lucas décrivit le déroulement d'un baptême de plongée à Clara. Il la rassura sur le fait que, pendant toute la durée de la plongée, il lui donnerait la main et gèrerait pour elle son matériel. La profondeur ne dépassera pas les six mètres mais Clara pourra déjà s'émerveiller devant la faune et la flore sous-marine. Clara posa quelques questions puis fut convaincue que cette première découverte de ce monde du silence serait des plus magiques. Lucas choisit alors l'équipement avec Clara, puis lui expliqua les différents signes à connaître pour pouvoir communiquer sous l'eau. Lucas lui demanda de respirer à l'aide de son détendeur l'air de la bouteille, et elle fut surprise de découvrir un air très frais et agréable.

D'autres personnes commençaient à affluer dans le club, certaines venaient passer comme Clara leur baptême de plongée, et d'autres ayant déjà un niveau, souhaitaient explorer les fonds de l'océan.

L'heure de quitter le port arriva et Louise aida Clara à charger son matériel dans le bateau de plongée. Celui-ci mesurait environ neuf mètres et pouvait contenir vingt passagers. Mais Lucas lui avait expliqué auparavant qu'il limitait le nombre à quinze personnes pour des raisons de sécurité.

Le bateau quitta le port et Lucas vint dire à Louise et à Clara qu'ils iraient plonger sur un site se trouvant sur la face externe du récif corallien. Louise parut enchantée et expliqua à son amie que cet endroit était un véritable aquarium grandeur nature avec une multitude d'espèces de toutes les couleurs.

Ils avaient quitté le port depuis cinq minutes quand le conducteur du bateau se mit à ralentir subitement.

— Que se passe-t-il ? demanda Clara. Nous sommes déjà arrivés ?

— Je ne pense pas, répondit Clara. Reste là, je vais voir ce qu'il se passe.

Après deux minutes, Louise arriva toute agitée vers Clara.

— Lucas a repéré un souffle de baleine !

— Un quoi ?

— Un souffle ressemble à une explosion d'eau en surface, et la baleine l'éjecte en remontant à la surface. On va peut-être voir une baleine, c'est formidable ! Il faut scruter la surface de l'eau Clara. Si on arrive à l'apercevoir, ce moment sera certainement un des plus beaux souvenirs de ta sortie !

Tous les passagers se mirent à scruter la surface de l'eau. Le moteur du bateau était coupé à présent. Alors que tous les cœurs des plongeurs battaient certainement fort, Clara fut étonnée du calme environnant. Dans sa poitrine, son cœur à elle aussi battait fort, et elle croisa les doigts pour avoir la chance d'admirer même une infime partie du corps de cette baleine. « Ils sont deux ! » entendit crier Clara. « Oui, ce doit être une femelle avec son baleineau ! » répondit une autre voix.

Alors que cette seconde phrase venait juste de se terminer, une énorme masse grise et blanche sauta en dehors de l'eau laissant apparaître deux énormes nageoires pectorales. La baleine se laissa alors retomber dans l'eau et un dos de baleine plus petite fit son apparition en surface. Ce doit être son baleineau, pensa Clara qui gardait le souffle coupé tant le spectacle avait été éblouissant. Plus personne ne bougea sur le bateau et tout le monde attendait ou espérait que ce spectacle ne s'arrête pas.

Lucas rejoignit les deux amies et brisa le calme :

— Elle va sauter à nouveau, c'est certain, préparez-vous les filles.

Puis, après deux minutes qui parurent une éternité à Clara, la baleine à bosse sauta à nouveau en dehors de l'eau et livra à tous les yeux rivés sur elle un nouveau spectacle fabuleux. La masse du mammifère était phénoménale. Elle replongea tête la première dans l'eau et le souvenir qui restera dans la mémoire de Clara, fut la vision de l'imposante nageoire caudale s'enfonçant lentement dans l'océan et le retour à une eau paisible.

Le silence régna encore quelques minutes et chacun sut que le spectacle était terminé lorsque le moteur du bateau ronfla et que le bateau démarra à nouveau.

— Waouh, c'était magique ! cria Louise.

— Je n'en reviens pas, j'ai l'impression d'être dans un rêve et que je vais me réveiller, dit Clara.

— Tu en as de la chance toi ! Une baleine vient te saluer pour ta première sortie en mer !

— Quand je vais raconter cela à Guillaume, il ne voudra jamais me croire ! Je ne suis même pas sûre moi-même d'avoir vu ce que j'ai vu !

— Je t'assure que c'était bien réel. On en discutera avec Lucas plus tard mais je suppose que cette femelle voulait protéger son baleineau et que nous avons dû l'énerver.

— Tu en as de la chance de vivre ici Louise. La partie terrestre de l'île est magnifique et je viens de m'apercevoir que la partie sous-marine l'est tout autant.

— Et quand nous nous rendrons demain au Piton de la Fournaise et que tu admireras le spectacle incroyable de sa nouvelle éruption, tu ne voudras plus quitter l'île !

— En tout cas, je viens de trouver la petite phrase à écrire à Guillaume ce soir dans mon SMS : « J'ai croisé une baleine à bosse qui m'en a fait une grosse sur la tête, mais ne t'en fait pas Louise a tout ce qu'il faut pour me soigner ».

— Toi, je t'assure que tu mériteras les injures de ton frère à son arrivée !

Le baptême de Clara fut un régal. Elle ne se soucia pas de la gestion de son matériel et garda la main de Lucas bien serrée pendant les vingt minutes de plongée. Elle n'avait que deux choses à penser, se concentrer sur sa respiration et admirer les fonds. Ce qu'elle fit à la perfection. De temps en temps, elle faisait un petit signe de la main à Louise qui en profitait pour la prendre en photo. Mais la plupart du temps, elle admirait cette profusion de couleurs qui s'offrait à ses yeux. Corail, algues, herbes, éponges, poissons de toutes les teintes, faisaient oublier à Clara la peur qu'elle avait encore ressenti au moment de sauter dans l'eau. Clara essaya de graver dans sa mémoire ces images spectaculaires, car elle ne voulait surtout pas les oublier un jour.

Après leur remontée sur le bateau, Lucas vint s'assoir vers les deux femmes et leur cita les noms des espèces qu'ils avaient vues. Clara nota tous les noms sur la page du jour de son agenda, ainsi qu'une brève description de l'animal ou de la plante. De cette manière, elle en garderait le souvenir intacte.

Le soir, Louise organisa un dîner dans son appartement et invita Lucas et sa famille. Clara fit la connaissance de Prune, l'épouse de Lucas et de Laetitia leur fille de douze ans. La soirée fut très plaisante et Clara en profita pour poser de nouvelles questions au frère de Louise sur la faune et la flore sous-marine. Lucas lui proposa de faire une nouvelle plongée la semaine suivante et Louise insista sur le fait qu'il fallait absolument que Clara puisse s'émerveiller à la vue d'une tortue marine.

Le rendez-vous était pris.

11

Une semaine était encore passée et cette matinée du 5 août fut marquée par un fort épisode de pluie.

Clara et Louise prenait leur petit-déjeuner sur la terrasse abritée de l'appartement tout en regardant la pluie tomber.

— Toute cette eau va peut-être calmer l'éruption du Piton de la Fournaise, dit Clara en souriant.

— Oui, tu as raison, on a bien fait d'y aller la semaine dernière !

— Je crois que je garderai le souvenir de ce décor lunaire à jamais graver dans mon esprit. Et pourtant c'est une véritable tête de linotte qui te parle !

— Tu comprends pourquoi je n'ai jamais voulu quitter cette île, elle est tellement riche en diversité de paysages que je ne pourrai trouver plus beau ailleurs.

— Oui, je comprends mieux maintenant.

Clara ne savait pas comment engager une nouvelle fois la conversation sur la disparition de la mère de Louise. Depuis qu'elles en avaient discuté, quelque chose tourmentait Clara. Il était certain que pour les enquêteurs, cela n'avait pas dû être évident d'arriver à des conclusions car aucune autopsie n'avait pu être réalisée compte tenu que le corps de Martine Marchand n'avait pas été retrouvé. Mais elle ne comprenait pas pourquoi cette femme se serait promenée si près d'une zone où elle n'avait plus pied si le vent était si fort et pourquoi le père de Louise avait fait de ce drame un véritable tabou.

Il faudra que je trouve le bon moment pour en rediscuter avec Loulette, pensa Clara. Seize années ont passé et elles ont été tellement dures à vivre pour Louise, elles le sont toujours d'ailleurs. Son amie était animée par une réelle joie de vivre, mais par moment, cette joie était diminuée par une pensée ou un souvenir triste qui lui traversait l'esprit. Elle rebondissait vite par la suite et se remettait à rire ou à faire rire, mais maintenant, Clara savait reconnaître ces passages mélancoliques et Louise ne pouvait plus la bluffer.

— Ce matin, j'ai appelé ma mère pour lui donner de nos nouvelles et elle te donne le bonjour, dit Clara.

— Oh, c'est gentil. Elle prépare toujours son voyage pour l'île Maurice ?

— Et comment ! Elle et Claire se voient tous les jours à présent pour être certaines de ne rien oublier ! Je suis heureuse pour ma mère, cela lui occupe toutes ses journées. Et elle m'a dit qu'un autre futur voyageur était aussi en train de préparer ses valises.

— Guillaume ?

— Oui, mon frère est dans tous ces états dès qu'il reçoit un de mes SMS. Heureusement que ma mère lui donne des nouvelles réconfortantes.

— Tu sais, quand nous irons le chercher à l'aéroport, je resterai vous attendre dans la voiture car il est hors de question que j'assiste à la colère qu'il va passer sur toi en te voyant en si bonne forme !

Les deux amies se mirent à rire et davantage encore lorsque Clara mima l'arrivée de son frère et les coups de bâtons qu'il allait lui donner.

— En tout cas, je n'arrive pas à croire qu'il arrive déjà dans dix jours. Ces vacances passent tellement vite !

— Oui, pour moi aussi, elles passent à une allure folle. Et dire que je reprends le travail un peu plus d'une semaine après l'arrivée de ton frère ! D'habitude, je suis pressée de rentrer mais là, je passe des moments tellement agréables avec toi, que je reporterais bien la rentrée de quelques semaines !

— Louise, je peux te poser une nouvelle question à propos de la disparition de ta maman ?

— Oui, bien sûr, cela me fait du bien d'en parler, je ne veux pas t'embêter avec cela, mais si c'est toi qui le propose alors, je ne dis pas non !

— On est vraiment deux cruches car moi aussi, je n'ose pas t'embêter avec cela ! Bon, je me lance alors. Pour être honnête ma Loulette, je ne comprends pas pourquoi ta maman se serait laisser prendre par les courants de l'océan. Certes, ce sont des drames qui arrivent et je sais qu'il y a encore trop de noyades. Mais je n'arrive pas à me convaincre que c'est ce qui s'est passé.

— D'accord, mais alors pourquoi aurait-on retrouvé sa robe dans l'océan ? Je me suis posée des milliers de fois la question, et je n'ai pas trouvé d'autres réponses. La thèse du suicide a été évoquée mais ma mère aimait tellement la vie qu'elle a vite été abandonnée.

— Est-ce qu'entre tes parents, tout allait bien ? Je veux dire au niveau de leur couple.

— Oui, ils s'adoraient. Ils nous ont montré un bel exemple d'amour tendre et sincère. Et c'est aussi pour cela que j'en ai tellement voulu à mon père de ne plus vouloir parler de maman. Je me disais qu'il voulait l'oublier trop vite et que c'était trop facile.

— Tu sais quand on a quinze ans, on ne se rend pas forcément compte de ce qui est normal dans un couple non ?

— Mais crois-tu que nous serions venus vivre ici si leur couple n'était pas solide ?

— Oui, c'est une bonne remarque.

— Non, franchement, je ne pense pas que ma mère se soit suicidée, et encore moins, à cause d'un problème de couple.

— Je ne pensais pas vraiment à cela. Mais je ne sais pas comment te le dire.

— Tu penses que mon père aurait assassiné ma mère ? dit Louise, les yeux écarquillés et le souffle coupé.

— Les crimes passionnels sont fréquents mais tu as raison, ce n'est pas une bonne piste.

— Moi aussi je voudrais savoir ce qu'il s'est réellement passé, et tu ne te doutes pas à quel point, mais en quinze ans, je n'ai rien trouvé de mieux que les conclusions de l'enquête.

— Me permets-tu d'y réfléchir encore et de t'en parler si une nouvelle idée émerge ?

— Bien sûr et je te remercie Clara de m'aider, cela me fait vraiment du bien de pouvoir en parler à quelqu'un de neutre. J'ai toujours peur que d'en discuter avec Lucas ou Léon, leur fasse ressurgir de durs souvenirs. Mais avec toi, c'est différent, je sais que je ne te blesserai pas.

— Tu sais, Guillaume avait un eu un pressentiment quand il a su que j'allais venir ici. Et bien, je ne veux pas de donner de fausses joies, mais je ressens quelque chose de troublant et je pense que nous allons parvenir à trouver des réponses.

— Rien ne pourrait me faire plus plaisir Clara.

— Très bien alors, il me faut un peu de temps, mais je sais que nous allons y parvenir. Bon, cette pluie s'est arrêtée. Je te laisse te préparer et moi, je m'habille vite fait et je vais chercher le pain et un dessert pour midi. Ça te va ?

— ah oui, à midi, Léon vient déjeuner avec nous, comme cela tu le rencontreras.

— Super, donc, je prends un gros dessert, dit Clara en souriant. Un jeune de dix-neuf ans, ça doit bien manger, non ?

— Oui, si tu savais comme il mange, parfois, quand je le regarde, je me dis qu'il doit avoir un second estomac caché quelque part et qu'il planque à l'intérieur tout ce qu'il avale !

Clara quitta rapidement la terrasse, enfila son jogging et ses baskets et partit en direction du port.

Le vent s'était un peu calmé et le sol était détrempé par la pluie. Clara s'assit sur un banc donnant sur le port puis regarda l'océan au loin. Mais que s'est-il passé en ce 9 juillet 1999, pensa Clara. Elle se mit à marcher puis arriva sur la plage des Roches Noires. Le drapeau rouge était levé. La plage était vide, et aucune surveillance n'était présente. Vu la hauteur des vagues, il faudrait être fou pour se baigner. Les vagues ne devaient pas être aussi fortes ce jour-là. Je n'arrive pas à admettre que Martine Marchand soit allée si loin dans l'eau au point de se faire emporter par les courants, non il doit y avoir une autre explication. Je suis certaine que les enquêteurs ont fait du bon travail mais peut-être qu'ils n'ont pas entendu que des vérités.

Clara retourna sur le port de Saint-Gilles. Le bateau de Lucas était resté amarré. Les plongées ont certainement été annulées aujourd'hui compte tenu de la météo. Elle n'avait pas fait attention lorsqu'elle était venue passer son baptême, mais à côté du bateau de plongée, se trouvaient bien alignés les uns à côté des autres, une série de bateaux à moteur allant de six à seize places et portant la pancarte « Location de bateaux – Sam et Nina – Port de Saint-Gilles », suivi d'un numéro de portable. Cela doit être fascinant de pouvoir naviguer avec son propre bateau et de se livrer aux joies de la plongée ou de la pêche. Et certainement inquiétant de se retrouver nez à nez avec une baleine ou un requin-tigre !

Clara regarda sa montre et il était déjà 11 heures 30. Ouh là là, il faut que je me dépêche ! pensa-t-elle. Elle se rendit à la boulangerie située en bas de l'immeuble de l'appartement de Louise, acheta deux baguettes et une tropézienne pour huit personnes. Nous ne sommes que trois, donc je pense que six parts pour Léon devraient suffire. Elle remonta à la hâte à l'appartement.

— C'est moi ! cria-t-elle en rentrant.

— Ouf, je commençais à me faire du souci ! lui répondit Louise l'air paniqué. La prochaine fois que tu sors, je te mettrai une petite pancarte autour du cou avec écrit dessus : « Bonjour, je m'appelle Clara Simon, j'ai 31 ans, et si j'ai l'air de me souvenir de rien, c'est normal, veuillez appeler le numéro suivant », et je mettrai mon numéro de portable.

— C'est une blague ? demanda Clara les yeux écarquillés.

— Mais oui, bien sûr que c'est une blague ! dit Louise en riant. Il fallait bien que je te la fasse celle-là ! Bon alors, le boulanger était mignon et tu as passé deux heures à lui faire les yeux doux. Euh, enfin en jogging et baskets, je comprends qu'il t'ait fallu du temps ! dit Louise en regardant Clara des pieds à la tête.

— Pas du tout, et ce n'était pas UN boulanger mais UNE boulangère. Bon, d'accord, je ne suis pas top sexy mais pour se balader avec un vent pareil, j'étais bien équipée. J'ai le temps de prendre une douche ?

— Oui, oui, tout est prêt, le rôti est dans le four et les haricots cuisent. Tu as pensé à prendre un dessert malgré ta parodie amoureuse ?

— Je n'ai dragué personne Loulette, et vu ma tête à cause du vent, je pense que tous les beaux mecs de Saint-Gilles ont baissé les yeux en me voyant arriver, de peur que je leur adresse la parole !

Clara fut heureuse de revoir Léon. Il avait trois ans quand ils s'étaient installés à La Réunion, et maintenant, du haut de son 1 mètre 98, il en imposait.

Léon proposa à Clara de lui faire essayer le surf. Clara le remercia et lui expliqua qu'avec la plongée, elle avait eu sa dose d'adrénaline sportive pour l'été.

Sur les six parts de gâteau réservés à Léon, il n'en resta que deux. Clara aurait bien voulu avoir le même second estomac que Léon, car elle adorait les pâtisseries mais faisait tout de même attention à sa ligne.

La journée passa vite, comme toutes les journées déjà terminées se lamentèrent les deux amies.

Le soir, en allant se coucher, Clara ne savait pas pourquoi mais elle était certaine de passer à côté de quelque chose d'important. Elle essaya de se remémorer sa journée, repassa en revue sa matinée sur la plage, puis au port, et enfin l'après-midi à discuter avec Léon. Mais rien ne l'interpella.

Elle s'endormit, en espérant que la nuit serait propice à la réflexion.

12

Le lendemain matin, Clara se réveilla vers 9 heures, puis rejoignit Louise qui préparait le café.

— Salut Clara, ça va ? bien dormie ?

— Oui, ça va. J'espérais davantage de mes neurones cette nuit, mais bon, ils se sont reposés tout comme moi !

— La nuit est faite pour dormir et non pas pour réfléchir !

— En tout cas, si toutefois j'ai réfléchi, je ne m'en rappelle pas ! dit Clara en faisant un clin d'œil à son amie.

— Mon père nous invite pour le déjeuner. Ça te tente ?

— Avec plaisir, comme cela, j'aurais revu toute ta famille !

Les deux amies passèrent la matinée à regarder les photos prises depuis l'arrivée de Clara que Louise avaient téléchargées sur son ordinateur. Les photos sous-marines étaient magnifiques, les couleurs étaient restées identiques. Clara trouva même qu'elle avait plutôt l'air à son aise sous l'eau.

Vers midi, elles partirent en voiture chez Paul Marchand le père de Louise. Il habitait à Boucan-Canot, non loin de l'école où travaillait sa fille. Clara acheta le dessert en route, dans une pâtisserie où tous les gâteaux l'auraient fait craquer et Louise apporta une bouteille de Saint-Estèphe, un vin rouge bordelais qu'appréciait tout particulièrement son père.

La maison de Paul était une habitation créole de plain-pied, dont les façades en bois étaient peintes en blanc. Les volets battants de type persiennes étaient de couleur bleue avec une nuance de gris.

Une grande terrasse dont le toit était soutenu par des colonnes parcourait toute la longueur de la maison et abritait un salon d'été en rotin.

Les deux femmes montèrent sur la terrasse par un large escalier central en pierre et arrivèrent devant la porte d'entrée. Louise sonna.

— Entrez les filles, je suis dans la cuisine ! cria Paul.

Louise et Clara pénétrèrent dans la maison. La décoration et les meubles étaient de style colonial. Ma mère adorerait encore cet intérieur, pensa Clara. A la cuisine, s'affairait un homme mesurant environ 1 mètre 90, imposant, ayant conservé une bonne musculature et sa chevelure blonde. Seules les pattes de chaque côté de son visage laissaient apparaître quelques poils blancs. Lui aussi possédait un teint bronzé, mais qui ne l'avait pas sur cette île.

— Bonjour papa, je te présente Clara, dit Louise s'avançant pour embrasser son père.

— Bonjour Monsieur Marchand, dit Clara en lui tendant la main.

— Mais oui, je me souviens de toi Clara, je suis ravi de te revoir ! Et pas de Monsieur Marchand, tu peux m'appeler Paul.

— Très bien, alors, bonjour Paul, et je suis heureuse de vous revoir aussi.

— Comment se passent tes vacances sur notre belle île ?

— Magnifiquement bien. Je n'ai pas vraiment voyagé jusqu'à présent et pour une première, j'ai beaucoup de chance. La Réunion est une île merveilleuse et je suis surtout heureuse d'avoir retrouvé mon amie.

— Sais-tu papa que Clara a déjà fait deux plongées avec Lucas ?

— Alors, tes impressions ? demanda Paul.

— Je dois dire qu'au départ, j'étais un peu anxieuse, mais ce furent deux expériences inoubliables, surtout que lors de la première sortie, nous avons eu la chance d'apercevoir une baleine à bosse et son baleineau depuis le bateau.

— Ce serait mon rêve un jour de pouvoir rencontrer une baleine lors de mes sorties en mer.

— Clara, papa possède un bateau à moteur amarré au port de Saint-Gilles, expliqua Louise. Il a obtenu un emplacement il y deux ans au port, et s'est offert un bateau dans la foulée !

— Ce doit être fascinant de pouvoir naviguer à sa guise, vous avez obtenu votre permis bateau il y a deux ans également ?

— Oh non, Martine et moi l'avions passé quand nous étions encore dans la métropole en prévision d'une mutation sur une île. Mais le temps d'avoir l'argent nécessaire pour l'achat du bateau et un emplacement dans le port, et bien des années se sont écoulées.

Clara avait enfin trouvé ce qu'elle cherchait depuis la veille ! Les bateaux de location ! Elle en avait vu en se promenant sur le port de Saint-Gilles.

Et si Martine avait loué un bateau ? Mais pour quelles raisons ? Ca, elle ne le savait pas encore. Elle aurait eu un problème au large et se serait en effet noyée. C'est un peu farfelu, pensa Clara, mais le fait de tomber dans l'eau en mer, lui paraissait déjà plus plausible que de se noyer depuis la plage. Elle en parlerait avec Louise après le déjeuner.

— Alors, mesdemoiselles, êtes-vous prêtes à savourer un excellent rougail saucisses ?, lança Paul.

— Oh que oui ! Je meurs de faim ! répondit Louise.

Ils passèrent à table et Clara put constater que le plat était en effet délicieux.

— C'est une spécialité de La Réunion ? demanda-t-elle.

— Oui, et j'ai passé des heures à perfectionner la recette avec mon voisin qui lui est réunionnais.

Elle se permit alors de poser quelques questions. Après tout, Paul Marchand ne pouvait pas lire dans son esprit et savoir ce qui lui trottait dans la tête.

— Et sortez-vous en mer chaque semaine Paul avec votre bateau ?

— Oui, dès que je le peux. Je me suis équipé en matériel de pêche, et je dois dire que j'apprécie vraiment ces moments de détente. Je prends aussi à chaque fois masque, palmes et tuba et je fais un peu de snorkeling quand l'océan est calme.

— Cela doit être vraiment agréable en effet ! J'ai vu dans le port qu'il y avait des bateaux à louer hier. Et je me demandais s'il me serait possible de passer mon permis pendant ces vacances, dans le but d'emmener Louise se promener au large.

Louise regarda son amie avec étonnement et se demanda bien pourquoi Clara avait un soudain intérêt pour la navigation. Ce n'est pas moi mais son boulanger qu'elle veut emmener en mer, ria-t-elle intérieurement.

— Je pense que oui Clara, veux-tu que je me renseigne pour toi ?

— Euh oui, merci, c'est gentil.

Les deux femmes passèrent le reste de l'après-midi à décrire à Paul toutes les visites qu'elles avaient déjà effectuées sur l'île et le père de Louise leur raconta des anecdotes sur les endroits visités pour agrémenter la conversation.

Vers 16 heures 30, elles quittèrent la maison de Paul puis montèrent dans la voiture de Louise.

— Alors comme ça, tu t'intéresses à la navigation ? demanda Louise à son amie en souriant. Que tu es romantique Clara ! Je t'imagine toi et ton beau boulanger en train de parcourir l'océan, un magnifique coucher de soleil mettant en valeur le teint halé de ton visage !

Clara se mit à rire.

— Mais pas du tout ! Et pour la dernière fois, mon cœur ne bat pour aucun boulanger ! Et d'ailleurs pour aucun plongeur, ni surfeur, bref pour aucun homme sur cette île ! Mais tu me fais bien rire. Et si nous nous arrêtions cinq minutes en bord d'océan ? Je voudrais te parler d'une hypothèse qui m'est venue en tête.

— Bonne idée, et une petite balade ne nous fera pas de mal.

Louise gara la voiture vers la Pointe des Aigrettes, située sur la commune de Saint-Paul, juste avant Saint-Gilles. La plage était interdite à la baignade mais c'était le paradis des surfeurs et ceux-ci profitaient encore des derniers rayons de soleil.

Tout en marchant sur le sable, Clara expliqua son idée.

— Hier, lorsque je me suis promenée sur le port de Saint-Gilles, j'ai aperçu des bateaux à louer, mais ce n'est qu'en discutant avec ton père que l'hypothèse qui trottait dans ma tête fut plus claire.

— Je t'écoute alors.

— Voilà, le fait que ta mère se soit noyée depuis la plage me paraît vraiment étrange, même si, je le conçois, cela reste possible. Je me demande Loulette, si ta mère n'aurait pas loué un bateau, pour une raison qui m'est encore inconnue, et pour une raison qui l'est encore plus, elle serait tombée à l'eau et se serait noyée.

— Il est vrai que ma mère avait très envie de naviguer en mer car depuis qu'elle avait eu son permis, elle n'en avait pas encore eu l'occasion. Mais je pense qu'elle ne l'aurait pas fait sans mon père.

— Sauf si quelque chose l'y avait poussé.

— Oui mais quoi ?

— Je ne le sais pas encore Louise, mais c'est peut-être une piste, qu'en penses-tu ?

— Euh, tu es en train de me dire que nous allons jouer aux détectives là ?

— Il me semble que nous avons déjà parcouru l'île d'Est en Ouest et du Nord au Sud. Cela nous permettrait de nous poser un peu, afin que tu sois en forme pour ta rentrée.

— Oui, pourquoi pas. Nous pourrions reprendre les visites quand ton frère sera arrivé.

— Oui, très bonne idée !

— Et comment comptes-tu t'y prendre Inspecteur Simon ?

— Et bien, nous pourrions prendre une photo de ta mère et la montrer aux loueurs de bateaux.

— Tu crois que les loueurs vont se rappeler d'un visage après seize ans !

— S'ils ne sont pas comme moi, peut-être. Ta mère était tellement belle que son visage a dû marquer énormément de personnes. Et puis à l'époque, sa photo avait été publiée dans les journaux, des avis de recherche avaient été placardés sur les tableaux d'affichage et les lieux publics. On peut tenter de poser la question et si cela ne donne rien, et bien, on aura essayé.

— Tu as raison, on peut tenter le coup. Et puis j'aime bien l'idée de mener notre propre enquête !

— Marché conclu ! dit Clara en tendant la main à Louise qui la serra avec le sourire.

Le soir, en arrivant à la maison, Louise prépara une photo de sa mère. Celle qu'elle avait choisie était une image de Martine et de son mari quelques semaines avant leur départ pour La Réunion. Paul venait de lui raconter une plaisanterie et elle en riait encore. Elle la montra à Clara qui ne put que sourire en regardant le visage lumineux de Martine. Les deux amies recherchèrent et imprimèrent la liste de toutes les agences de location de bateaux de Saint-Gilles, en espérant que les propriétaires n'aient pas trop changé en seize ans. De cette façon, elles seraient certaines de ne pas en oublier une. Il y avait huit agences à visiter.

Elles dinèrent puis se couchèrent tôt pour être en forme le lendemain. Clara espéra encore que ses neurones lui apportent quelques solutions dans la nuit, mais si ce fut le cas, elle ne s'en souvint pas.

13

Après un petit déjeuner copieux et une douche tonifiante, Clara et Louise chaussèrent leurs baskets et se dirigèrent à pied vers la première agence de location de leur liste : « La vague bleue ». Louise laissa son amie démarrer et orienter la conversation.

— Bonjour Monsieur, lança Clara.

— Bonjour Mesdames, que puis-je faire pour vous ?

— Voilà, nous avons une demande un peu spéciale à vous formuler. La mère de mon amie a disparu en mer il y a maintenant seize ans, commença par expliquer Clara, en mettant la main sur l'épaule de Louise. Son corps n'a jamais été retrouvé. Une enquête a été réalisée à l'époque et je pense que les conclusions ont été difficiles à formuler car certaines informations avaient été cachées ou manquantes.

— Oui, je crois me rappeler de ce drame, dit l'homme. Est-ce que le mari de cette femme n'était pas gendarme à Saint-Gilles ?

— Oui, c'est bien cela Monsieur, affirma Louise.

— Je m'en rappelle car mon frère était affecté à gendarmerie où travaillait votre père. Même après toutes ces années, j'en suis bien désolé pour vous.

— Merci Monsieur, dit Louise.

— Nous aimerions savoir si la mère de mon amie n'aurait pas loué un bateau avant sa disparition et aurait eu un quelconque problème en mer et se serait noyée.

— Excusez-moi de vous poser la question, mais ne pensez-vous pas que les enquêteurs ont étudié cette piste, demanda l'homme compatissant.

— Si, c'est certain, mais pourquoi ne pas essayer à nouveau ? demanda Clara.

— Oui, c'est vrai, reprit l'homme, je comprends que de rester sans réponse doit être difficile.

Louise tira la photo de ses parents de son sac et la montra au loueur.

— Voici la photo de ma mère, je sais que cela fait seize ans, mais est-ce que vous vous souvenez l'avoir aperçue dans votre agence en juillet 1999 ?

— Je vais même faire mieux que cela ! Je vais sortir mes registres du mois de juillet 1999 !

— Vous les avez gardés ? demanda Clara sidérée.

— Et comment ! Mon épouse n'arrête pas de me dire que je devrais faire du tri et me débarrasser des anciens documents et bien ce soir, je pourrai lui dire qu'une fois dans ma vie, cela aura servi à quelque chose !

L'homme se dirigea vers un bureau fermé puis revint deux minutes après avec un classeur sur lequel était écrit « 1999 ». Après avoir demandé son nom de famille à Louise, il chercha toutes les locations du mois de juillet, mais ne trouva pas le nom de « Marchand » dans son registre.

— Je suis désolé Mesdames, mais si Madame Marchand a loué un bateau, ce n'est pas ici.

Les deux amies remercièrent chaleureusement ce loueur si sympathique et se rendirent à la seconde agence de leur liste.

Elles furent à chaque fois accueillies avec gentillesse mais « Martine Marchand » ne faisait partie d'aucun registre et d'aucun souvenir des loueurs de bateaux.

Il ne leur restait plus que deux agences à visiter.

— Crois-moi Loulette, il faut espérer jusqu'au bout ! dit Clara à l'intention de son amie.

— Oui, je te crois, en tout cas toutes ces personnes que nous rencontrons sont vraiment gentilles et font de leur mieux pour nous aider.

Elles arrivèrent chez « Sam et Nina », les loueurs de bateaux ayant inspiré Louise la veille. Clara expliqua à nouveau le but de leur visite, et Louise montra la photo de ses parents.

— Votre mère était très belle, dit Nina, une femme âgée d'une cinquantaine d'années, aux cheveux noirs et aux yeux verts.

— Merci Madame, répondit Louise.

— Nous étions déjà installés ma chérie il y a seize ans, alors, il nous faut chercher dans nos souvenirs, dit Sam, un homme créole devant avoir le même âge que son épouse, avec une barbe noire et des yeux tout aussi foncés.

Sam et Nina se concentrèrent tous les deux sur la photo.

— Je suis désolée, mais je ne me rappelle pas d'elle, dit Nina attristée. J'aurais tellement voulu vous aider.

— Merci en tout cas de nous consacrer du temps, dit Clara.

— Je ne me rappelle pas de cette femme, dit Sam, en revanche, l'homme à sa gauche, me dit quelque chose.

— Ah bon ? demanda Clara. Cet homme est le père de Louise, le mari de la femme disparue. Vous l'auriez vu récemment ?

— Non, non, le souvenir que j'en ai, est bien celui de cette photo.

— De quoi te souviens-tu de plus ? demanda Nina, tenant son mari par le bras pour l'encourager.

— Mais oui, c'est ça ! Je me rappelle de lui car c'est la seule fois de ma vie où j'ai vu un homme revenir pour me rendre les clés du bateau qu'il avait loué, en pleurs.

— En pleurs ! crièrent les deux amies en chœur.

— Oui, en pleurs. Je me rappelle lui avoir demandé s'il s'était blessé mais cet homme m'avait rendu les clés et avait repris son chèque de caution sans dire un mot.

Clara regarda Louise complètement atterrée. Louise l'était tout autant. La surprise était telle qu'il fallut à Clara quelques secondes pour arriver à poser la question suivante.

— Sam, auriez-vous gardé un registre de l'année 1999 ?

— Malheureusement non, nous avons tellement de bateaux en location qu'en une année, nous remplissons une armoire entière de papiers.

— Je comprends, répondit Clara.

Louise était tellement sidérée qu'elle n'arriva plus à sortir une parole de sa bouche.

— Je vois que cette nouvelle vous a vraiment surprise, voulez-vous que je nous prépare une tasse de thé ? demanda Nina, le regard attendrissant.

— Oui, merci beaucoup, c'est une bonne idée, répondit Clara.

Nina prépara un thé à la menthe qui redonna un peu de couleur à Louise dont la soudaine pâleur avait brisé le cœur de Clara.

Après une vingtaine de minutes, Louise retrouva ses esprits et remercia Sam et Nina pour leur accueil. Elle promit de venir les voir quand elles auraient terminé leur enquête.

Quand elles sortirent de l'agence de location, il était presque 14 heures. Clara proposa à Louise d'aller déjeuner en terrasse dans un restaurant du port, et même si Louise n'avait pas faim, elle accepta la proposition. Le club de plongée de Lucas n'était pas loin, mais les deux amies convinrent qu'il ne fallait pas le mettre au courant tout de suite de leur trouvaille.

— Je n'arrive pas à croire ce que Sam a raconté, dit Louise.

— Je comprends Louise, mais il avait l'air tellement sûr de lui.

— Que fait-on à présent ?

— Il faut vérifier si ton père a bel et bien loué un bateau le jour de la disparition de ta mère.

— Tu m'imagines lui demander : Ah au fait papa, le jour où maman a disparu, t'aurais pas fait une ballade en mer que tu aurais cachée depuis seize ans, ah et oui, pourquoi pleurais-tu ? Moi qui ne t'ai jamais vu pleuré. Tu avais un moucheron dans l'œil ?

Clara sentit que les reproches que Louise avaient faits à son père il y a seize ans, faisaient à nouveau surface.

— Il n'est pas possible de lui demander, en effet Louise. Il nous faut trouver un autre moyen pour confirmer les dires de Sam.

— Et tu as une idée Clara ? Il faut absolument qu'on découvre la vérité, supplia Louise.

— Je dois y réfléchir Louise.

— Très bien, j'ai l'impression que lorsque tu réfléchis, on avance et j'en suis heureuse, même si j'ai un peu de mal à avaler tout ça.

Clara serra Louise dans ses bras pour la réconforter, même si elle savait que cette nouvelle avait ébranlé son amie et qu'il lui faudrait plus qu'un câlin pour s'en remettre.

14

Lundi 10 août. Guillaume arrive dans cinq jours et nous n'avons pas avancé dans nos recherches, pensa Clara.

Et comme Sam et Nina n'ont pas pu garder l'historique de leurs locations, nous ne savons même pas combien de kilomètres ont été parcourus par Paul dans l'océan. Cela aurait pu nous donner une idée sur sa destination.

Clara était en train de prendre son petit-déjeuner sur la terrasse. Elle s'était levée vers 6 heures pour réfléchir, mais les idées ne venaient pas.

Louise la rejoignit vers 8 heures.

— Déjà réveillée ? demanda Louise à son amie.

— Oui, j'essaie de savoir comment orienter notre enquête à présent mais j'ai du mal à avancer.

— En tout cas, grâce à toi, on a découvert une partie de la vérité et connaissant ta volonté et ton acharnement, je suis certaine que nous allons progresser bientôt.

— Louise ?

— Oui.

— Quand ton père est arrivé à l'appartement vers midi trente, te souviens-tu s'il était triste, si ses yeux étaient rouges d'avoir trop pleuré ? Avec le recul, peut-être que son comportement pourrait à présent te sembler étrange.

— Pour être honnête, mon père était comme à son habitude. Je ne me rappelle pas qu'il avait les yeux rouges. Mais bon, il portait souvent des lunettes de soleil car il patrouillait avec un collègue régulièrement dans la journée.

— Il patrouillait comment ?

— Tu veux dire avec quel véhicule ?

— Oui, avec quel véhicule ?

— C'était un motard car il était affecté à la sécurité routière.

— Je ne connais pas très bien le métier de gendarme, mais je suppose que ton père devait noter son départ dans un registre, ou faire un rapport après avoir patrouillé non ?

— Oui certainement. Je me rappelle qu'une fois je l'avais rejoint à son bureau et qu'il était en train de remplir un registre de sortie de son véhicule. Nous avions ri car j'avais proposé à mon père de tenir un même document pour surveiller les sorties de Lucas en voiture.

— Et bien, elle est là la solution !

— Que veux-tu dire ?

— Il nous faut avoir accès à ce registre ! De cette façon, on saura avec qui ton père patrouillait ce jour-là. Car pour pouvoir sortir en mer, il a dû se retrouver seul et je me demande bien comment il a fait. Nous devons aller interroger son coéquipier du 9 juillet 1999.

— Tu rigoles ? Tu nous vois aller à la gendarmerie et demander : « Bonjour, Inspecteurs Simon et Marchand, ceci est une enquête officielle. Pouvez-vous nous ressortir tous vos registres du 9 juillet 1999 ? ». En plus, tout le monde me connaît là-bas.

— Je ne pensais pas vraiment leur demander.

— Non, mais tu as quoi en tête ? En fait, je ne suis pas sûre de vouloir le savoir. Tu ne veux tout de même pas rentrer dans la gendarmerie sans y avoir été invitée ! cria presque Louise, dont la nervosité augmentait au fil de la discussion.

— Tu vois un autre moyen toi ? Tu pourrais draguer une jeune recrue, le faire boire, lui voler ses clefs et là, on pourrait rentrer pendant la nuit dans les bureaux et regarder les registres.

— Non ! Non ! S'étrangla Louise, tu n'es pas sérieuse ?

— Non, là je rigole, sauf peut-être sur le fait de devoir pénétrer dans la gendarmerie pendant la nuit.

— Mais la gendarmerie est fermée à l'aide d'une grille en fer la nuit, et en plus il y a une alarme. A moins d'avoir des supers pouvoirs, je ne vois pas comment on pourrait rentrer dans les bureaux !

— Oui, pas facile, en effet, soupira Clara.

— Il est hors de question que l'on devienne des criminels, tu imagines on ferait la une des journaux et après, on se retrouverait en prison et certainement séparées l'une de l'autre !

— Bon d'accord, l'idée n'est pas bonne. Ceci dit, il nous faut savoir avec qui ton père patrouillait ce jour-là pour pouvoir lui poser des questions.

— Et si on essayait de façon honnête ?

— Tu penses à quelque chose ?

— Oui. Nous pourrions aller à la gendarmerie et je pourrais dire que je souhaite organiser une fête à l'occasion de l'anniversaire de mon père. Que pour cette soirée, je voudrais inviter toutes les personnes qui étaient présentes à notre arrivée sur l'île, une espèce d'anniversaire-souvenir, et que comme j'étais jeune, je ne me rappelle plus des noms de ces gendarmes.

— Eh mais tu en as de l'imagination !

— Pas autant que toi ! Mais au moins, cela reste à peu près légal.

— Oui, c'est vraiment une bonne idée ! Aujourd'hui, nous sommes lundi, c'est un bon jour pour y aller non ?

— Alors toi quand tu as une idée en tête, on ne peut pas t'arrêter !

— C'est vrai mais c'est pour une bonne cause.

Les deux amies passèrent la matinée à répéter leurs textes, et se préparèrent aux questions que pourrait leur poser le gendarme à l'accueil.

Vers 14 heures, elles se rendirent à la gendarmerie et furent accueillies par un jeune homme d'environ 30 ans, aux cheveux noirs coupés courts et aux yeux noisette. Il avait une carrure de sportif mais un regard posé qui réconforta les deux femmes.

— Bonjour ! lança Louise. Vous êtes nouveau ? Il ne me semble pas vous connaître, dit-elle.

— Bonjour Mesdames, répondit le gendarme en souriant. Vous me dites cela car vous êtes une habituée des lieux, dit-il à l'intention de Louise.

Waouh, il a un sourire craquant ! pensa Clara.

— Oh non, excusez-moi ! C'est une entrée en matière peu correcte, répondit Louise. Je suis la fille du gendarme Marchand qui est parti en retraite il y a quelques temps. Nous sommes arrivés sur l'île en 1999, et j'aurais souhaité organiser un anniversaire-souvenir pour mon père et inviter ses collègues de l'époque. Mais comme je n'avais que quinze ans, je ne me rappelle plus vraiment des noms de ces personnes, surtout que par la suite, mon père a changé de compagnie. Vous serait-il possible de nous donner la liste des personnes ayant travaillé ici en juillet 1999 ?

— Pour répondre à votre première question, oui, je suis nouveau. Je suis arrivé il y a quinze jours de Lyon.

— Lyon ? répéta Clara. C'est incroyable, moi aussi j'habite à côté de Lyon !

— Et vous êtes venue vous installer sur l'île ? demanda le gendarme.

— Pas vraiment. Euh… je suis venue pour fêter l'anniversaire du père de mon amie, dit-elle en souriant.

— C'est un sacré voyage pour un anniversaire ! lança le gendarme.

— Euh oui, j'aime l'aventure. Et vous vous appelez comment ?

Louise regarda son amie d'un air effaré, tant à l'aise dans le mensonge et devant ce gendarme en fonction.

— Je suis le gendarme Marc Coutelin.

— Marc ?! cria Clara.

— Oui. Vous avez un problème avec ce prénom ? demanda-t-il interloqué.

— Elle n'a aucun problème avec ce charmant prénom, n'est-ce pas Clara ? dit Louise en serrant les dents et en bousculant son amie du coude.

— Non, je n'ai en effet plus de problème avec ce prénom. Donc, Marc, pourriez-vous nous fournir cette liste ? dit Clara très posément.

Louise n'en revenait pas ! Et en plus, elle appelle le gendarme par son prénom !

— Il va falloir que je demande l'autorisation et quelques jours pour vous retrouver cette liste.

— Mais nous serions heureuses de faire ces recherches avec vous, poursuivit Clara.

Là, Louise n'en pouvait plus, elle donna un coup de pied discret à son amie.

— Je ne pense pas que cela soit possible, répondit le gendarme.

— Bon, tant pis, cela vous aurait fait gagner du temps.

— Vous ne manquez pas d'audace Madame, dit le jeune homme avec le sourire.

— Mademoiselle.

— Pardon ?

— Mademoiselle et non pas Madame.

— Ah pardon, très bien alors. Mademoiselle l'Intrépide, je vous propose de passer d'ici trois jours, disons, jeudi et je vous dirai si j'ai eu l'autorisation pour vous fournir la liste et si c'est le cas, je vous la donnerai également.

— Jeudi, pas avant ? demanda Clara.

— Oui, pas avant. C'est la période des vacances et nous ne sommes pas nombreux cette semaine.

— Jeudi, c'est parfait ! se précipita de dire Louise avant que Clara n'ouvre la bouche. Nous passerons jeudi après-midi. Vous serez présent ?

— Oui, à jeudi donc, et passez une bonne fin de journée.

Louise tira Clara par le bras et toutes les deux sortirent de la gendarmerie.

— Non mais tu es incroyable ! lança Louise à son amie. Non seulement tu as menti à ce pauvre gendarme, mais en plus tu as osé l'appeler par son prénom !

— Parce que toi tu as été complètement honnête ? dit Clara en souriant. Dois-je te rappeler le mensonge que tu avais dit au pompier le jour de mon arrivée, lorsque ta rue avait été coupée suite à la fuite de gaz ? Euh, il est où le bébé pour lequel tu avais perdu les eaux ? Oh mon Dieu, on l'a oublié à la maternité ! Et en plus, c'est toi qui a menti la première à ce pauvre Marc en lui disant que tu allais organiser une fête d'anniversaire pour ton père !

Louise se mit à rire.

— En tout cas, il te plait bien ce gendarme Marc Coutelin !

— Ah bon, non, pas spécialement, dit Clara en faisant la moue.

— Tu parles ! J'aurais presque pu essuyer le filet de bave sortant de ta bouche quand tu le regardais !

— C'est vrai ? J'avais l'air si conquise ? demanda Clara affolée.

— Non, pas à ce point-là, mais j'ai bien cru que je ne pourrai jamais te faire sortir de la gendarmerie ! En tout cas, ce Marc a semblé charmé également.

— Tu dis ça pour me faire plaisir. Bon, en tout cas, on doit attendre jusqu'à jeudi maintenant.

— Et si on profitait de cette pause pour nous faire un peu bronzer sur la plage ? Toutes ces émotions m'ont épuisée.

Les deux femmes passèrent prendre Lucas pour un déjeuner sur le port, puis se reposèrent sur la plage des Roches Noires le reste de la journée.

15

Mercredi matin, comme Louise sentait que son amie bouillonnait à l'idée de devoir patienter encore un jour afin d'avoir la liste, elle proposa à Clara de faire une randonnée dans le sud de l'île. Clara accepta la proposition de son amie, après tout cela ne pourrait que lui faire du bien de marcher un peu !

Elles préparèrent deux sacs à dos contenant de l'eau et des sandwichs et partirent en voiture direction Saint-Joseph.

— Tu sais que je ne suis pas une grande sportive, dit Clara, en regardant son amie du coin de l'œil.

— Oui, mais tu as été merveilleuse sous l'eau, alors, je suis certaine que tu feras une randonnée exemplaire sur terre, et en plus sans te plaindre !

Clara se tut, puis avec une moue de douleur et tout en se frottant les jambes dit à Louise :

— Alors, depuis ce matin, je ne sais pas pour quelles raisons mais mes deux jambes me picotent.

— Tes jambes te picotent ?

— Oui, c'est ça, bizarre non ?

— Bon, d'accord, je ne vais pas essayer de me battre contre une tête de mule comme toi. Tu n'as pas envie de marcher, exact ?

— Oh que si, je ne pense qu'à ça ! Mais franchement, je ne suis pas certaine que cela soit raisonnable vu l'état de mes jambes.

— Tu as gagné, plus besoin de te frotter les jambes. Ce que je te propose c'est d'aller voir la cascade Langevin, une des plus belles de l'île, un parking se trouve juste à côté. Puis ensuite d'aller se baigner à celle du Trou Noir. La marche pour y accéder est très facile, et dure une quinzaine de minutes. Ça ira, tu survivras ?

— Je pense que oui, c'est parfait. Ça te dit de chanter un peu ?

Clara mit en route l'autoradio puis commença à fredonner les chansons qui défilaient. Louise sourit et fit remarquer à son amie qu'elle n'aurait jamais de picotement à la langue et se mit à chanter aussi.

Arrivées à la cascade Langevin, Clara fut séduite par cette magnifique chute d'eau. Il est certain qu'elle n'en avait jamais vu de pareille. Les deux femmes restèrent un moment à la contempler puis repartirent en voiture jusqu'au pont marquant le début de la marche pour atteindre la cascade du Trou Noir. Clara fit les quinze minutes de marche sans se plaindre puis les deux amies se reposèrent et se baignèrent dans une eau fraiche et limpide le reste de la journée.

De retour à l'appartement de Louise, Clara proposa à son amie d'aller voir si toutefois le gendarme Coutelin n'avait pas terminé d'écrire la liste. Louise lui fit les gros yeux et lui expliqua que c'était incorrect de mettre la pression de cette façon-là à ce pauvre homme.

Clara abdiqua et proposa de préparer une salade composée à la place. Louise ne put que sourire en voyant voler les légumes tant Clara était énervée et impatiente. Elle se demanda si c'était le fait de revoir le gendarme ou d'avoir la liste qui rendait Clara si nerveuse.

La soirée fut néanmoins calme et Louise en fut soulagée.

Le lendemain arriva enfin. A 14 heures, Clara n'en pouvait plus et dit à Louise que si elles ne se rendaient pas immédiatement à la gendarmerie, elle lui montrerait son côté très pénible. Louise fit remarquer à son amie que depuis la veille, elle avait déjà appris à le connaître. Mais Louise accepta d'aller à la gendarmerie sans plus attendre.

Le gendarme Coutelin les accueillit à nouveau avec un sourire qui fit à nouveau craquer Clara.

— Bonjour Mesdemoiselles, je crois savoir pourquoi vous êtes ici, mais je n'ai pas une bonne nouvelle.

— Comment ça ? dit Clara horrifiée.

— J'ai passé du temps à le comprendre, mais les archives ont été transférées à Saint-Denis par manque de place ici. Et compte tenu de la charge de travail que nous avons, je n'ai pas pu me rendre à Saint-Denis pour vos recherches et je crains ne pas avoir le temps avant plusieurs jours.

— Et vos collègues de Saint-Denis ne peuvent pas vous aider ? dit Clara sur un ton qui fit sursauter Louise.

— Non, là, c'est vraiment trop en demander, répondit le gendarme sèchement.

Clara se rendit alors compte qu'elle était allée trop loin et s'en voulut. Connaître la vérité sur le drame qui s'était produit était une chose, mais le faire en étant impolie en était une autre. Et là, elle ne se reconnaissait pas, elle devait se reprendre.

— Excusez-moi, dit Clara.

— Oui, excusez-nous, reprit Louise, nous avions mal évalué la charge de travail que demandaient ces recherches. Laissez tomber, cela est vraiment trop compliqué.

— Merci en tout cas, dit Clara. Nous vous souhaitons une bonne fin de journée.

Les deux femmes ressortirent de la gendarmerie. Clara dit à son amie qu'elle avait besoin de prendre l'air pour réfléchir. Louise lui proposa de se retrouver d'ici une heure à l'appartement, elle leur aurait préparé un bon gâteau au chocolat pour les remettre d'aplomb.

Clara se promena sur la plage des Roches Noires, proche du port de plaisance, puis s'assit sur le sable et regarda l'océan. Elle se demandait comment progresser à présent, quand une voix qu'elle commençait à connaitre la fit sortir de ses pensées.

— Je ne connais même pas votre prénom, dit Marc Coutelin, habillé en civil, tout en s'asseyant à côté de Clara.

— Vous avez terminé votre journée de travail ? demanda Clara.

— Oui, elle a commencé très tôt et je suis content qu'elle s'achève.

— Clara, mon nom est Clara Simon.

— Très bien Clara. Vous êtes partie un peu vite tout à l'heure et je n'ai pas eu le temps de vous donner une information qui pourrait vous aider.

— C'est vrai ?! cria presque Clara.

— En appelant Saint-Denis, l'adjudant-chef que j'ai eu au téléphone m'a dit avoir remplacé le chef du père de votre amie et il m'a donné le nom de ce gradé. Peut-être que ce monsieur est toujours en vie et qu'il pourrait vous donner les quelques noms que vous cherchez.

— Oui, c'est une bonne idée !

— De cette façon, vous pourriez les inviter à l'anniversaire.

— A l'anniversaire ? reprit Clara.

— Et bien oui, l'anniversaire-souvenir que vous êtes en train d'organiser avec votre amie, pour son père.

— Ah oui, c'est vrai, cet anniversaire-là.

— Vous ne vous en souveniez plus ?

— Euh, j'ai une faculté à oublier assez bien développée.

— Vous êtes certaine que vous ne me cachez pas quelque chose d'important ?

Clara sentit qu'elle avait besoin de se confier, et puis après tout, peut-être que ce Marc pourrait avoir des idées qu'elles n'auraient pas eues.

— Vous êtes en civil là, donc, je ne serai pas en train de confesser un mensonge à un gendarme en fonction, exact ?

— Oui, mais si vous me dites que vous êtes un serial killer, je crains de devoir en référer à ma hiérarchie, dit Marc en souriant.

Ah ce sourire ! pensa Clara. Reste concentrée, il faut trouver les bons mots.

— Il n'y a pas vraiment d'anniversaire à organiser, dit-elle.

— Pas vraiment ?

— Pas du tout même.

— Ah d'accord, et pourquoi avez-vous besoin de cette liste alors ?

— Vous ne devez pas être au courant du drame qui a touché la famille de Louise il y a seize ans car vous n'étiez pas sur l'île, alors, laissez-moi vous l'expliquer.

Puis Clara se lança dans l'explication du drame, donna les conclusions de l'enquête, puis relata ce qu'elles avaient découvert en allant voir Sam et Nina, les loueurs de bateaux.

— Et bien, dit Marc, quand vous avez une idée en tête, vous foncez vous !

— Oui, c'est vrai. Je voudrais tant que Louise sache enfin ce qui est arrivé à sa maman.

— Mais ne croyez-vous pas que la vérité pourrait lui faire davantage de mal ? D'après ce que vous me dites, le père de Louise a menti.

— Je pense que la vérité même difficile à entendre l'apaisera. Il n'y a rien de pire que de vivre dans l'ignorance.

— Vous avez raison. En tout cas, vous êtes vraiment une amie formidable pour elle.

— Oui je l'espère, dit Clara avec le sourire.

— Eh mais vous savez sourire ! Cela vous va très bien !

— Vous ne m'avez pas vu sous mon meilleur jour et je suis désolée d'avoir été si incorrecte. Ce n'est pas mon tempérament d'être comme cela.

— Vous êtes pardonnée maintenant que je connais la vérité.

— Alors, quel est le nom de cet adjudant ?

— C'est l'adjudant-chef Charles Voinet. Il doit avoir dans les soixante-quinze ans maintenant.

— Merci pour cette information. Nous allons faire des recherches et le retrouver.

— Je vous donne mon numéro de portable si vous avez besoin de conseil, dit Marc en tendant une carte à Clara. N'hésitez-pas.

— Merci, c'est gentil.

— Euh, et vous êtes venue seule sur l'île ? demanda Marc, un peu maladroitement.

— Oui, et dans deux jours mon frère Guillaume me rejoint pour passer ses vacances avec nous. Je ne sais d'ailleurs pas comment lui expliquer tout ce qui s'est passé, lui qui a tellement peur pour moi !

— Vous connaissant, je suis certain que vous y parviendrez ! Bon, je dois vous laisser.

— Ah, vous avez une Madame Coutelin à rejoindre ?

— Non pas du tout, je suis venu moi aussi seul sur cette île, dit Marc avec le sourire. Je donne des cours de surf après le travail et mon premier cours d'aujourd'hui commence à 16 heures. Tiens, ça ne vous dirait pas d'essayer ?

— Quoi, le surf ?

— Et bien oui !

— J'en serais enchantée, dit Clara, le sourire coincé. Reste plus qu'à trouver un moment compte tenu que Louise nous prépare à chaque fois des journées bien chargées.

— Peut-être que cela intéresserait aussi votre frère, non ?

— Ah mais oui ! Bien sûr, je suis certaine que Guillaume serait ravi d'essayer !

Marc salua Clara puis partit d'un pas assuré.

Clara contempla la carte de visite de Marc. Elle le trouvait vraiment beau et très agréable. Cela l'avait soulagée de se confier à lui et elle se sentait apaisée à présent. Il fallait qu'elle parle de l'adjudant-chef Charles Voinet à Louise.

— Tu as rencontré le gendarme Marc Coutelin sur la plage ! lança Louise surprise.

— Oui, et je t'assure qu'il est charmant, répondit Clara.

Les deux amies étaient en train de savourer le moelleux au chocolat préparé par Louise.

— Ah d'accord, je ne saurai donc pas si c'est ta conversation avec le beau Marc ou mon gâteau qui t'aura remise d'aplomb.

— Les deux ! dit Clara en riant. Je dois aussi t'avouer que j'ai parlé de notre petite enquête à Marc.

— Ah bon !? Et que t'a-t-il dit ?

— Il m'a donné le nom du hiérarchique de ton père quand vous êtes arrivés sur l'île. Peut-être que si nous le retrouvons, il pourrait nous dire avec qui ton père faisait le plus souvent équipe.

— Mais c'est génial ! Comment s'appelle-t-il ?

— Charles Voinet, l'adjudant-chef Charles Voinet, il doit avoir dans les soixante-quinze ans maintenant.

— Espérons qu'il soit toujours en vie et sur l'île car les mutations sont fréquentes dans la gendarmerie. Mon père a eu de la chance de pouvoir rester ici jusqu'à sa retraite.

— On peut déjà regarder les pages blanches, qu'en penses-tu ?

— Oui, commençons pas ça.

Les deux femmes allumèrent l'ordinateur de Louise, et cherchèrent sur le site des pages blanches mais ne trouvèrent pas de Charles Voinet sur l'île.

Elles firent aussi des recherches sur Google mais cet homme n'avait pas de compte Facebook, ni aucun autre compte identifié.

— Bon, réfléchissons un peu, dit Clara. Où pourrait aller vivre un homme de soixante-quinze ans ?

— Et si nous cherchions dans les maisons de retraite ? suggéra Louise.

— Oui, bonne idée !

Elles recherchèrent la liste des maisons de retraite présentes sur l'île et en comptèrent dix-neuf.

— Il ne nous reste plus qu'à les appeler les unes après les autres afin de demander si un des résidents se nomme Charles Voinet.

Il était 20 heures et les deux amies convinrent qu'il était trop tard pour leur téléphoner. Elles le feraient le lendemain matin.

Aucune des deux n'avait envie de cuisiner alors elles décidèrent de sortir dîner au restaurant. Elles choisirent un restaurant proposant des spécialités locales et donnant sur le port. Clara commanda un cabri massalé et Louise, un cari de poulet, accompagné de riz pour toutes les deux. Avant de déguster leurs plats, elles commandèrent deux Ti Punch en apéritif, servis avec des bouchons de porc, de la viande enrobée dans de la pâte de riz et cuite à la vapeur. La soirée était fraîche mais le rhum réchauffa les joues des deux femmes et elles profitèrent pleinement de leur dîner.

Vers 23 heures, elles rentrèrent à l'appartement de Louise puis discutèrent encore devant une tisane au goût dominant de mangue. Elles se quittèrent vers minuit.

Avant de s'endormir, Clara repensa à sa conversation avec Marc. Cet homme ne lui était vraiment pas indifférent ! Et elle avait bien ressentie que pour lui, c'était pareil. Bon, il va falloir que tu te mettes au surf Guillaume car ce n'est pas moi qui me risquerai à avoir l'air ridicule devant Marc ! Elle sursauta. Elle avait oublié d'envoyer son SMS ce soir à son frère ! Elle prit son téléphone et écrivit : « N'oublie surtout pas ton maillot de bain, je t'ai inscrit à des cours de surf. Un esprit sain dans un corps sain, voici ce que ce sport procure ! ».

Quelques minutes plus tard, Clara reçut une réponse qui la fit sourire : « Le moniteur est super canon et toi qui n'est pas plus sportive que musicienne, tu n'as rien trouvé de mieux que cette solution…Allez, que ne ferais-je pas pour ma sœur ? ».

16

Clara et Louise avait déjà appelé six maisons de retraite présentes sur leur liste. Mais tous les directeurs à qui elles avaient parlé n'avaient dans leurs résidences un homme du nom de Charles Voinet.

Ce fut au tour de Clara d'appeler la maison de retraite suivante. Elle se situait sur la commune de Sainte-Rose, à l'Est de l'île.

— Bonjour Madame, dit Clara. Je suis à la recherche d'un vieil ami de mon père qui se nomme Charles Voinet. Serait-il par hasard résident dans votre établissement ?

— Oui, nous avons bien un homme se nommant Charles Voinet dans notre résidence, répondit la voix à l'autre bout du fil.

Clara qui n'avait été habituée qu'à des réponses négatives jusqu'à présent, eut besoin de quelques secondes pour assimiler l'information.

— C'est fantastique ! cria Clara, en regardant Louise qui se mit à sourire à son tour. Quelles sont les horaires de visite ?

— Les horaires de visite sont libres et Monsieur Voinet n'a pas de soin le matin donc vous pouvez venir le voir quand cela vous convient, en évitant juste peut-être les moments de repas.

— C'est parfait alors.

— Ah oui, juste un instant, je vérifie si Monsieur Voinet participe à la sortie de cet après-midi.

Clara entendit des feuilles de papier bouger.

— Oui, il y participe. Donc, il sera de retour vers 17 heures car certains résidents partent en ballade aujourd'hui.

— 17 heures, très bien, c'est noté. Je vous remercie Madame, au revoir.

Clara raccrocha et les deux amies laissèrent éclater leurs joies.

— On y est arrivé ! cria Clara.

— Oui, c'est incroyable ! lui répondit Louise. On a une chance inouïe que ce monsieur soit encore sur l'île !

— Tu sais, si moi je passais des années à travailler sur cette île et que j'arrive à la retraite, je crois que je ne partirais pour rien au monde ! Regarde ton père, il est encore là et je ne pense pas qu'il parte un jour.

— Oui, tu as raison.

Clara vit la mine réjouie de Louise s'effacer et laisser place à la tristesse.

— Louise, dis-moi si tu es certaine de vouloir continuer. Si le fait d'apprendre ce qui s'est passé et de savoir pourquoi ton père a menti te fait du mal, alors, j'aurais mal rempli ma mission d'amie.

— Non, non, je veux savoir Clara, tu ne peux pas savoir à quel point. C'est juste que depuis que Sam nous a dit que mon père avait loué un bateau et qu'il l'avait rendu en pleurs le jour de la disparition de ma mère, je ne sais plus quoi penser, et la vérité me fait un peu peur.

— Ecoute-moi Louise, en interrogeant Monsieur Voinet, peut-être que nous aurons déjà un bout d'explication et on pourra au moins savoir si Sam s'est trompé ou pas.

— Oui en espérant qu'il se souvienne de mon père et des équipes de l'époque !

Les deux femmes partirent en voiture vers 16 heures et arrivèrent à la maison de retraite « Les amis de La Réunion » vers 17 heures 30.

Elles se dirigèrent vers l'accueil et demandèrent à voir Monsieur Charles Voinet.

— Ah c'est vous que j'ai eu au téléphone ce matin ? demanda une femme en tailleur marron, aux cheveux remontés en chignon et au visage avenant.

— Oui, c'est moi, répondit Clara.

— Monsieur Voinet se repose sous le kiosque en fer forgé dans le jardin. Il aime admirer le coucher de soleil. Il dit d'ailleurs souvent que c'est la raison pour laquelle il ne veut pas quitter cette île.

Clara et Louise remercièrent la directrice puis se dirigèrent dans le jardin. Le kiosque était magnifique, en fer forgé couleur rouille et mettant en valeur des arabesques majestueuses.

Un homme scrutant le ciel était assis sur un banc, également en fer forgé et situé à l'intérieur du kiosque.

— Monsieur Voinet ? demanda Clara.

— Oui, qui me demande ?

— Bonjour Monsieur, reprit Louise. Je suis Louise Marchand. Mon père, Paul Marchand, était gendarme à Saint-Gilles-les-Bains sous votre commandement, il y a seize ans quand nous sommes venus nous installer sur l'île. Vous rappelez-vous de lui ?

— Vous êtes Louise. Vous avez bien changé mon enfant. Vous voici devenue une belle jeune femme. Bien sûr que je me souviens de votre père. Personne n'a pu oublier le drame qui s'est produit à l'époque. Je pense souvent à cette tragédie. Votre père était tellement accablé après la disparition de votre mère.

— Ah bon ? laissa échapper Louise.

— Oui, pourquoi cette question, vous en avez douté ?

— Non, c'est juste que mon père ne nous a plus vraiment parlé de ma mère après sa disparition.

— Sachez que durant toutes ces années dans l'armée, j'ai pu me rendre compte que ce n'est pas parce qu'un homme ne dit rien qu'il ne souffre pas.

— Vous avez sans doute raison Monsieur. Laissez-moi vous présenter mon amie Clara.

— Bonjour Monsieur, dit Clara. Nous sommes venues vous voir afin de vous demander si vous vous souvenez avec quel autre gendarme le père de Louise faisait équipe le jour où Martine Marchand a disparu.

— Mais pourquoi souhaitez-vous avoir cette information Mesdemoiselles ?

— Euh, à vrai dire, Monsieur Voinet, nous aimerions garder ces raisons secrètes pour le moment.

— Vous êtes en train de chercher des réponses, c'est bien cela ? dit le vieil homme le regard posé sur les deux femmes.

— En quelque sorte, oui, répondit Clara.

— Bien, je comprends que d'être restée sans réponse puisse vous avoir provoqué des nuits cauchemardesques, dit l'homme en s'adressant à Louise. Et bien, ce jour-là, le gendarme Paul Marchand n'a fait équipe avec personne.

— C'était possible de patrouiller seul ? demanda Clara.

— Non, il fallait être au moins deux. Mais ce jour-là, Paul n'a pas patrouillé. Le matin, il était arrivé à la gendarmerie le visage très fatigué et les cernes prononcées. Je lui avais demandé si tout allait bien et il m'avait répondu qu'il ne se sentait pas bien et que la nuit avait été difficile. J'avais donc ordonné à Paul de rentrer chez lui se reposer et c'est ce qu'il a fait. Je ne l'ai revu que le soir après vos recherches infructueuses.

— Donc mon père n'a pas travaillé ce jour-là ? demanda Louise d'une voix insistante.

— C'est exact.

— L'aviez-vous signalé aux enquêteurs ? demanda Clara.

— Oui, bien sûr. Et l'équipe en charge de l'enquête a bien entendu vérifié la version de Paul.

Les enfants étaient sortis pensa Clara. Personne n'a pu contredire cette version.

— Croyez-moi Louise, votre père adorait votre mère, sa disparition l'a fortement éprouvé.

— Merci Monsieur Voinet pour le temps que vous nous avez accordé, dit Louise.

— J'ai une dernière question, dit Clara. Monsieur Voinet, qu'avez-vous pensé des conclusions de l'enquête à l'époque ? Est-ce plausible pour vous que Martine Marchand se soit noyée après avoir été surprise par un courant trop puissant et ceci depuis la plage de l'Ermitage ?

— Vous savez Mademoiselle, j'ai dû enquêter sur un certain nombre de noyades et vous seriez surprise de connaitre dans quelles situations certaines se sont passées.

— Encore une fois, merci pour votre temps Monsieur Voinet.

Les deux femmes saluèrent le vieil homme puis regagnèrent la 308 de Louise.

— Comment tu te sens Louise ? demanda Clara.

— Ca va Clara, je m'attendais à ce type d'information je suppose car je ne suis pas surprise.

175

— Si ton père n'a pas travaillé ce jour-là, il est donc possible qu'il ait loué ce bateau.

— Oui, mais pour quelles raisons Clara ?

— On ne le sait pas encore mais on le découvrira, c'est promis.

De retour à Saint-Gilles-les-Bains, Clara proposa à son amie de faire un saut rapide chez l'épicier se trouvant en bas de l'immeuble de Louise. Elle acheta des pâtes fraiches, des tomates, du basilic, de la viande hachée et une bouteille de Chianti. Rien de mieux qu'un bon plat de pâtes et qu'un bon vin italien pour se remettre de ses émotions.

Clara prépara le dîner pendant que Louise s'apaisait dans un bain aux huiles essentielles.

Elle servit un verre de vin rouge à son amie dès son arrivée dans le salon.

— Tiens ma Loulette, tu vas voir comme ce vin est harmonieux.

— Merci Clara. Que va-t-on faire maintenant ? Je veux dire pour notre enquête.

— Et bien, j'y réfléchis. Mais ce soir, nous devons nous libérer l'esprit afin de mieux repartir par la suite !

— Oui, et il nous faut préparer l'arrivée de ton frère. Lucas est passé mettre les clés de l'appartement de son collègue dans la boîte aux lettres, ainsi que l'adresse de celui-ci à La-Saline-les-Bains.

— Ah mais oui ! J'avais complètement oublié cette histoire d'appartement !

Louise se mit à rire et répondit :

— Tu y aurais pensé, j'aurais été atterrée !

— Tout peut arriver Louise !

— Oui, les miracles se produisent, c'est vrai !

Le dîner fut un vrai régal et les deux femmes se couchèrent vers 22 heures. Elles devaient se lever tôt le lendemain matin pour être à 6 heures 45 à l'aéroport Roland Garros de Saint-Denis.

17

Clara aperçut son frère arrivé de loin et secoua les bras pour qu'il l'aperçoive à son tour.

— Salut sœurette ! lança Guillaume.

— Je suis trop contente de te voir Guillaume ! dit Clara en sautant dans les bras de son frère.

— Euh, c'est bien toi, là ? Tu ne m'as jamais montré un signe d'affection auparavant, dit Guillaume surpris.

— Oui, c'est bien moi, et tu m'as vraiment manqué ! dit Clara sans lâcher son frère. Laisse-moi te présenter Louise, dit-elle quelques instants après.

Clara fit les présentations et nota l'œil pétillant de son frère à la découverte de son amie.

— Je ne me précipiterai pas dans tes bras, mais je suis ravie de te revoir, dit Louise à l'intention de Guillaume.

— Le plaisir est partagé. Alors, comment se passe ton séjour sœurette ?

— Si tu savais tout ce que l'on a à te raconter et à te faire découvrir !

— Ça tombe bien, car je m'en remets complètement à vous !

— Ce que je propose, dit Louise, c'est d'aller poser ta valise dans l'appartement où tu vas loger, puis ensuite nous irons boire un café au centre-ville. J'ai prévu un pique-nique pour midi que nous pourrons faire sur la plage de La-Saline-les-Bains. Le lagon renferme de nombreux poissons et coraux qu'il est possible d'admirer rien qu'avec des masques et tubas.

— Quel beau programme pour cette première journée sur l'île ! C'est parfait ! J'espère que vous pourrez alors m'expliquer pourquoi je suis inscrit à des cours de surf sans m'avoir rien demandé, dit Guillaume en faisant un clin d'œil à sa sœur.

— Oui, bien sûr, dit Clara en souriant.

L'appartement dans lequel allait loger Guillaume pendant ses vacances était lumineux et spacieux, et situé non loin de la plage. Le collègue de Lucas avait laissé un petit mot sur le bar séparant le coin cuisine du salon, précisant que Guillaume pouvait se servir des bières qu'il avait laissées à son intention dans le frigo. Le lit de la chambre était déjà fait et des serviettes étaient posées sur la commode.

Louise expliqua à Guillaume que les Réunionnais étaient très hospitaliers et soucieux de savoir leurs invités à l'aise et ne manquant de rien.

Tous trois allèrent boire un café au centre-ville puis vers l'approche de midi, Louise sortit de son coffre la glacière qu'elle avait préparée le matin avant de partir pour l'aéroport.

Ils s'installèrent sous les filaos bordant la plage de La-Saline-les-Bains et déjeunèrent tout en discutant. Au bout d'une heure, Louise regarda Clara et lui dit :

— Tu sais Clara, tu peux expliquer à Guillaume les recherches que nous sommes en train de faire, cela ne me dérange pas et puis, je ne vois pas comment on pourrait continuer sans que ton frère soit au courant.

— Au courant de quoi ? demanda Guillaume.

— Je veux bien te l'expliquer mais en aucun cas tu ne feras de critiques moqueuses et tu me laisseras terminer sans m'interrompre ?

— Tu m'inquiètes mais c'est promis.

Clara se lança dans les explications. Elle vit le visage de son frère se métamorphoser au fur et à mesure de son monologue, passant des yeux ronds de surprise à une bouche pincée de colère, mais il ne dit rien et attendit que Clara prononce sa dernière phrase. Il patienta quelques secondes afin d'être certain que Clara ait bien terminé puis dit, en essayant de contenir ses émotions.

— Donc si je comprends bien, ma petite sœur et son amie d'enfance jouent aux détectives ? Je trouve que ce que vous faites toutes les deux est du bon travail. Clara, tu es en train de donner à Louise une réelle preuve d'amitié en voulant l'aider à trouver des réponses. Mis à part le fait que tu aies eu envie d'entrer dans la gendarmerie par infraction, et que tu as menti à un gendarme en fonction, tu es restée raisonnable et c'est encore moins terrible d'apprendre cela que de t'entendre jouer de la guitare. Je voudrais juste vous avertir que toute enquête peut-être dangereuse et maintenant que je suis au courant, je veux être informé de toutes vos décisions et de toutes vos destinations. Ai-je été clair ?

Vu le ton de la question, Louise et Clara n'eurent pas d'autre solution que d'acquiescer de la tête.

— Je ne m'attendais pas à cela en arrivant sur l'île mais je comprends parfaitement la situation. Je suis navré de ce qui s'est produit il y a seize ans Louise, et je vais faire de mon mieux pour vous aider.

— Génial Guillaume ! lança Clara. Tu le prends mieux que je ne l'aurais pensé ! Maintenant que tu es au courant, as-tu une idée pour avancer ?

— Eh doucement sœurette ! Je sais que vous devez être impatientes mais laisse-moi du temps pour y réfléchir. Il y a une heure, je ne me doutais pas que ma sœur et son amie s'étaient lancées dans une enquête difficile !

— Mais bien sûr, dit Louise gênée. C'est déjà sympa de vouloir nous aider.

— Donc, le gendarme Marc Coutelin sera mon moniteur de surf, c'est bien ça ?

— Euh oui, bafouilla Clara. Tu verras, il est vraiment cool.

— Ouais, je m'en doute, pour que tu ais craqué si vite !

— Je n'ai pas craqué, je le trouve juste charmant.

— Elle a craqué, dit Louise en souriant à Guillaume.

— C'est bien ce que je pensais. Bon, et bien, tu devras m'offrir autant de bières que je ne boirai de tasses ! Donc, prépare ton argent !

— En tout cas merci Guillaume pour toute l'aide que tu vas nous fournir, dit Clara en embrassant son frère sur la joue.

— Waouh, je n'aurais jamais eu autant d'affection de ta part ! L'air de La Réunion te convient parfaitement bien sœurette !

Tous les trois passèrent le reste de la journée à se détendre sur la plage. Louise avait apporté masques et tubas et Guillaume put admirer des poissons et des coraux de toutes les couleurs dans le lagon. Clara et Louise eurent du mal à le sortir de l'eau au moment de partir. Un vrai gosse, pensa Clara, mais je suis heureuse qu'il en profite. Après tout, ce sont ses vacances. Louise ne put que rire en voyant la moue de tristesse que Guillaume fit au moment où Clara l'obligea à poser son matériel.

En fin d'après-midi, ils se rendirent tous les trois au club de plongée de Lucas. Guillaume s'inscrivit pour un baptême dès le lendemain matin, tant il avait envie d'admirer à nouveau les fonds marins et les filles proposèrent d'accompagner le futur plongeur sur le bateau.

Clara invita Louise et Guillaume au restaurant, Lucas avait déjà un dîner planifié avec son épouse Prune et leur fille Laetitia. Ils s'installèrent dans un restaurant créole et Guillaume découvrit pour la première fois la richesse d'un plat local.

Vers 22 heures, les filles ramenèrent Guillaume à son appartement. Celui-ci s'aperçut qu'il avait oublié de se renseigner sur les locations de véhicule. Louise le rassura sur le fait que cela ne la dérangeait pas de venir le chercher et de le ramener, et que d'ailleurs cela serait plus simple et éviterait à Guillaume de se poser trop de questions sur les routes à prendre.

Arrivées à l'appartement de Louise, les deux femmes se préparèrent une tisane et s'installèrent sur le canapé.

— Alors, comment trouves-tu mon frère ? demanda Clara à son amie.

— Il est cool, répondit Louise.

— Cool ? C'est tout ?

— Bon, très bien cool et attachant, dit Louise sur un ton affirmé.

— Attachant ? Je suis une femme Louise, et j'ai bien remarqué que tu regardais Guillaume avec des yeux attendrissants !

— Ben oui, parce qu'il est attachant !

— D'accord, attachant donc.

— En tout cas, il t'adore et tu as raison, il se fait beaucoup de souci pour toi. Je n'avais jamais pensé auparavant que notre enquête pouvait être dangereuse. Si c'est le cas, je ne veux surtout pas te mettre en danger Clara. Du coup, cela m'inquiète à présent.

— Ah non Loulette ! Ce n'est pas parce que mon frère se fait du souci que toi tu dois avoir peur ! Franchement, je ne vois pas où est le danger. Pour le moment, nous avons découvert que ton père avait loué un bateau le jour de la disparition de ta maman, qu'il était revenu en pleurs de l'océan, et qu'il n'avait pas travaillé ce jour-là. La seule personne qui pourrait nous en vouloir de cette découverte, c'est ton père et je suis certaine qu'il ne nous fera jamais de mal.

— Tu as raison, je ne sais pas pourquoi mon père a menti, mais il n'est pas mauvais, enfin je l'espère.

— Louise, je pense que la solution serait de demander à ton père ce qu'il s'est passé ce jour-là…

— Ah non, non Clara ! Comment pourrais-je lui dire que nous avons enquêté sur lui ?

— En réalité, on n'enquêtait pas sur lui mais sur ta mère. Lorsque nous sommes allées voir les loueurs de bateaux, c'était pour savoir s'ils se rappelaient de ta mère et non pas de ton père. Sam a reconnu ton père mais franchement, je ne m'attendais pas à cela.

— Oui, c'est vrai, mais quoiqu'il en soit, je ne peux pas lui en parler maintenant.

— Je comprends Louise, on avance comme tu le souhaites. Penses-tu que ton père aurait gardé des documents de l'époque pouvant nous donner d'autres pistes à suivre ?

— Tu veux aller fouiller chez mon père ?

— Euh, oui, on peut appeler ça comme ça. Lorsque je cherchais la clé afin d'ouvrir la boîte contenant ta carte postale, je me suis aperçue qu'une maison renfermait des centaines de souvenirs, plus ou moins agréables, des objets que l'on croyait perdu ou dont on ne se rappelait même pas l'existence, des morceaux de papiers pliés en quatre sur lesquels étaient inscrits une chose à faire ou à défaire. Ma mère avait conservé une petite boîte à chaussures dans laquelle j'avais glissé des bonnes résolutions. Voici celles dont je me souviens : « Mettre la table tous les soirs », « Ranger ma chambre à la première relance de maman », « Rappeler à Guillaume qu'il doit sortir la poubelle (ça sent trop mauvais pour que je le fasse moi) », « Aider maman à repasser », « Regarder papa faire un meuble plus souvent », « Ne plus mettre des punaises dans le lit de Guillaume ».

Louise se mit à rire.

— Tu en avais des bonnes résolutions dis-donc ! lança-t-elle.

— Oui, et tu vois, cette boîte n'est qu'un exemple de ce que j'ai retrouvé. Mes parents avaient conservé dans des cartons toutes les factures depuis leur mariage, et même les radios et les examens médicaux que toute la famille avaient passés. Alors, je me dis que peut-être tu pourrais trouver des réponses dans les affaires de tes parents. Je ne veux pas être présente, car ce sont tes souvenirs à toi, mais si tu trouves quelque chose d'intéressant, je serai là pour en discuter avec toi par la suite. Enfin, si cette piste te convient.

— Oui, c'est vrai que les papiers de mes parents pourraient nous donner des indices. Mais je ne veux pas le faire seule. Je ne suis pas certaine d'en avoir le courage. Je serais soulagée si tu acceptais de m'accompagner.

— D'accord Louise. Reste plus qu'à savoir quand et comment le faire.

— J'ai un double des clés de la maison de mon père, c'est déjà une bonne chose. Il faudra juste s'assurer que mon père ne soit pas à la maison.

18

— Non mais vous êtes complètement folles ! Vous ne pouvez pas pénétrer chez le père de Louise et fouiller dans ses affaires ! C'est toi qui as eu cette idée, j'en suis sûr ! cria Guillaume en pointant sa sœur du doigt.

— Calme-toi un peu ! répondit Clara. N'en fais pas tout un mélodrame ! On ne va pas épier la vie de Paul, on veut juste essayer de trouver des réponses dans les archives.

— Oui, mais moi, j'appelle cela une atteinte à la vie privée !

— Euh, mon père m'a toujours dit que sa maison était aussi la nôtre, en parlant à mes frères et à moi, dit Louise voulant calmer la tempête qui s'était déchainée.

— Ben tu vois ! dit Clara fièrement.

— Ben tu vois quoi ? cria à nouveau Guillaume. Ne fais pas ta maligne !

— Bon, Guillaume, écoute-moi. J'ai passé des semaines à chercher ma clé dans les moindres recoins de la maison de maman. Est-ce qu'une fois maman m'a dit que cela la dérangeait ? Non. Le but de notre recherche est d'essayer de comprendre ce qu'il s'est passé le jour de la disparition de Martine, et non pas de fouiller et d'être malveillantes.

— Mais peut-être que le père de Louise ne souhaite pas que sa fille et son incroyable amie soient au courant de certaines choses ! Excuse-moi de te dire ça Louise, mais peut-être que ton père a eu par la suite des liaisons qu'il vous a cachées à tes frères et à toi, pour ne pas vous faire de mal.

— Si tel est le cas, alors, je saurai faire la part des choses Guillaume. Mets-toi à ma place, je sais que mon père nous a menti, qu'il ne travaillait pas le jour du drame, et qu'en plus, il a loué un bateau et qu'à son retour de l'océan, il était en larmes, lui qui ne pleure jamais. Crois-tu que je puisse découvrir d'autres mensonges plus inquiétants ?

— Non, c'est vrai, répondit Guillaume qui s'était calmé. Bon, vous me direz quand vous aurez décidé d'aller regarder ces archives. Je ferai le guet pour vous. Après tout, je serai davantage rassuré de n'être pas trop loin de vous que de tourner en rond à des kilomètres.

— Merci Guillaume, dit Louise doucement en lui posant sa main sur le bras.

— Bon, je suppose que c'est l'heure de partir rejoindre le club de Lucas ? Je vais lui demander de mettre un gaz enivrant dans ma bouteille de plongée afin d'oublier tout ce que je viens d'entendre !

Le bateau de plongée quitta le port de Saint-Gilles-les-Bains à 10 heures. Guillaume reçut les mêmes explications qu'avait eues Clara quelques jours auparavant, sur les signes à connaître, la description du matériel et les règles de sécurité sous l'eau. Ça se voit qu'il est sportif, pensa Clara, mon frère ne ressent même pas une infime peur à devoir plonger, alors que moi, j'étais morte de trouille ! Morte de trouille…Clara se mit à scruter l'océan.

Comment as-tu disparu Martine ? As-tu ressenti de la peur ? Quelles ont été les circonstances de ce drame ?

Peut-être que Paul s'est senti mieux et qu'il a voulu rejoindre son épouse sur la plage et que ne la voyant pas, il aurait loué un bateau pour la chercher ? Non, cette explication n'est pas sensée. Il aurait appelé les secours. Et ce n'est pas parce qu'on ne trouve pas quelqu'un, que cette personne est forcément en mer ! Je sais que c'était un couple heureux en amour, mais peut-être que Martine avait un amant, Paul l'aurait découvert, n'aurait pas supporté la nouvelle, aurait assassiné son épouse et jeté son corps dans l'océan ? Je n'ai jamais voulu parler de cette option à Louise car pour elle, cette solution serait trop dure à envisager, mais les crimes passionnels existent. Dans ce cas, en effet, nous serions peut-être en danger si nous fouillons dans les archives de Paul. Clara essaya de se souvenir du déjeuner chez le père de Louise. Il ne semblait pas être un tueur mais si tous les assassins avaient une tête de criminel, ça se saurait ! Cela expliquerait aussi pourquoi Paul ne souhaitait plus parler de son épouse par la suite. Soit il lui en voulait encore, soit il voulait oublier et faire oublier son meurtre. Seul un point semblait ne pas coller. La famille Marchand était arrivée sur l'île depuis peu et Martine aurait déjà eu le temps de tromper son mari ? Cela semble difficile. Non, si Paul a tué son épouse, la tromperie ne devait pas en être la raison.

Après l'amour ? Qu'existe-t-il comme autre raison pour tuer quelqu'un ? L'argent. Et si la mort de Martine avait fait gagner de l'argent à Paul ? Après tout il s'est acheté une maison, un bateau, a payé les études de ses trois enfants, et peut-être davantage encore. Et il était seul à travailler. Je suppose que les enquêteurs ont dû étudier la question mais parfois les biens ne sont pas référencés de façon claire.

Et si c'est Paul qui avait eu une maîtresse ? Que Martine l'ait découvert et ait fait du chantage à son mari ? Il a peut-être demandé sa mutation dans l'espoir de rejoindre cette femme qu'il aurait connu auparavant ? Cela en fait des hypothèses. Il faut que j'en parle à Louise, que je lui demande si son père et sa mère connaissaient quelqu'un habitant sur l'île avant d'y arriver. Et si Louise avait des bijoux de valeur ou toute autre richesse ne pouvant être facilement décelable par des enquêteurs. Il me faut juste trouver la meilleure façon d'aborder les sujets. Et j'imagine mon frère faire des bonds de cabri rien qu'à l'écoute de mes hypothèses ! J'attendrai la tisane de ce soir. Au moins, nous ne serons que toutes les deux.

Le flash d'un appareil photo fit sortir Clara de ses pensées.

— Tu semblais rêveuse Clara, dit Louise en souriant à son amie. Etais-tu en train de penser au charmant Marc ?

— Euh, non pas vraiment, je te dirai à quoi je pensais ce soir. Bon alors, mon frère est prêt à sauter dans l'eau ?

— Oui, il semble prêt. En tout cas, il est vraiment sûr de lui. Il s'est équipé sereinement en prenant soin de bien retenir les explications. Et là, il te salue depuis la surface de l'eau.

— Il a déjà sauté ? cria Clara.

— Oui, depuis cinq bonnes minutes et depuis ces cinq minutes, il fait tout ce qu'il peut pour que tu daignes le regarder !

— Hey Guillaume, tout va bien ? cria Clara se penchant vers l'eau.

— Oui, sœurette ! A tout à l'heure !

— A tout à l'heure et bonne plongée !

Guillaume disparut avec Lucas et au bout de quelques secondes, la surface de l'eau fut à nouveau calme. Louise se dirigea vers un moniteur et se mit à discuter avec lui. Clara s'allongea sur un banc, et profita des rayons du soleil pour se détendre un peu, chose qu'elle n'avait pas vraiment faite depuis son arrivée sur l'île. Elle finit par s'endormir et fut réveillée en sursaut une demi-heure plus tard.

— Et bien, je vois que ma petite sœur se fait beaucoup de soucis pour moi !

— Ah Guillaume ! Alors, elle était bien cette plongée ?

— Magnifique ! J'ai adoré et je me suis inscrit pour une seconde plongée dès demain !

— C'est bien, mais n'oublie pas que tu as aussi des cours de surf à prendre.

— Ah c'est vrai, je les avais oubliés ceux-là. Bien sûr sœurette, je prendrai également des cours de surf, compte tenu que tu es une vraie poule mouillée !

— Merci, et vu que tu m'aides, je ne répondrai pas à cette critique.

Les deux amies ainsi que leurs frères déjeunèrent dans un bar du port, puis Guillaume proposa aux femmes de les abandonner pour passer du temps au club de plongée de Lucas afin d'en apprendre davantage sur ce sport qui le fascinait.

Clara et Louise allèrent visiter l'aquarium de Saint-Gilles et Clara confirma à son amie qu'il était tout aussi agréable de voir la faune et la flore marine, debout derrière une vitre, que dans l'océan. Cette remarque fit sourire Louise qui pensa que si Clara était autant musicienne que sportive, en effet, comme le disait Guillaume, il faudrait se trouver une excuse bien ficelée pour pouvoir s'enfuir le jour où Clara voudra jouer un morceau de guitare.

Après avoir ramené Lucas à son appartement le soir, les deux femmes de retrouvèrent devant leur tisane, assises dans le canapé.

— Est-ce que demain après sa plongée, cela te dit d'emmener Guillaume visiter quelques cascades accessibles à pied ? Tu vois je pense à toi, dit Louise en souriant.

— Oui, bonne idée ! répondit Clara.

— Super alors, je lui envoie un SMS.

— Tu as le numéro de portable de mon frère ?

— Oui, c'est tout de même plus facile pour lui envoyer un message. En pleine nuit, on ne voit pas les signaux de fumée, dit Louise taquine.

— C'est cool que tu ais son numéro. Le jour où tu auras besoin de son tour du cou, de sa taille de pantalon ou de chemise, je serai là pour te les donner !

— Pendant que tu y es, son tour de doigt aussi, dit Louise en soupirant.

— Je n'osais le proposer mais puisque tu en parles, dit Clara en faisant un clin d'œil à son amie.

— Bon, tu vas arrêter de vouloir me caser avec ton frère, d'accord ? Surtout que quand tu as une idée en tête, tu fonces, alors moi, dans une semaine, on va me ramasser à la petite cuillère !

— D'accord, j'arrête pour ce soir. Louise, je peux te poser quelques questions ?

— Si je te dis non, tu le feras tout de même !

— C'est en rapport avec la disparition de ta maman.

— Oui, alors, bien sûr.

— Est-ce que tes parents connaissaient quelqu'un sur l'île avant d'y arriver ?

— Euh, il faut que j'y réfléchisse, mais pourquoi cette question ?

— Je sais que le souvenir que tu as de tes parents est qu'ils formaient un couple heureux mais si ta mère avait eu un amant, cela n'aurait certainement pas plu à ton père.

— Et il l'aurait tuée ?! coupa Louise.

— oui, peut-être.

— Tu sais Clara, depuis que nous avons découvert que mon père a menti, je ne te cache pas que beaucoup d'idées me passent par la tête et entre-autre celle-ci.

— Alors, il faut l'explorer pour pouvoir l'écarter, enfin, je le souhaite vraiment. Qu'en penses-tu Loulette ?

— Oui, je suis d'accord. Je me rappelle que le soir où mon père nous avait annoncé qu'il allait être muté sur l'île, ma mère était venue nous voir Lucas et moi. Elle souhaitait retrouver une de ses amies dont le mari professeur, avait été également muté quelques années auparavant à La Réunion. Elle avait perdu sa trace depuis plusieurs mois et comme elle n'était pas très à l'aise avec l'outil informatique, elle souhaitait qu'on l'aide. Lucas avait fait des recherches et trouvé le numéro de téléphone de cette amie. Le lendemain, en rentrant de l'école, nous avions retrouvé ma mère en pleurs. Elle avait téléphoné au numéro fourni par Lucas, mais elle était tombée sur l'époux de son amie. Sa femme était morte d'un cancer depuis onze mois.

— Et sais-tu si par la suite, ta mère a continué à contacter cet homme ?

— Oui, car il lui avait donné son adresse de messagerie. Ma mère et lui s'écrivaient régulièrement. Cet homme lui fournissait des informations sur l'île, sur les écoles, les activités sportives auxquelles on pourrait s'inscrire.

— Est-ce que cette relation ennuyait ton père ?

— Il ne me semble pas. Mais ça date et je ne faisais pas vraiment attention à cela.

— Et quand vous êtes arrivés ici, te souviens-tu si ta mère et cet homme se sont rencontrés ?

— Oui, je me rappelle d'un dîner que ma mère avait organisé et cet homme avait été en effet invité. Après, je n'ai plus de souvenir de lui. Tu vois quelque chose de mal dans cette histoire ?

— Non pas vraiment. Mais tu la vivais de loin. On ne sait pas si une relation plus profonde a pu naître entre cet homme et ta mère. Te rappelles-tu du nom de cet homme ?

— C'est tellement vieux. Mais peut-être que Lucas s'en souvient lui comme il avait fait les recherches à l'époque.

— Oui, on peut lui demander mais sans lui expliquer la raison de notre question.

— Tu as raison, on doit déjà gérer ton frère alors le mien en plus, ça ferait trop !

— Mince, j'avais complètement oublié Guillaume ! Il va à nouveau me dire que j'ai complètement perdu la raison avec mes hypothèses !

— C'est certain, mais cela va être difficile de lui cacher cette idée !

Le lendemain matin, en route pour le club de plongée, Clara et Louise furent totalement surprises par la réaction de Guillaume face à l'annonce de cette idée. Guillaume trouva même cette hypothèse intéressante. Clara se demanda si son frère la taquinait mais non, il semblait sérieux. Il préfère certainement nous savoir en train d'enquêter sur une nouvelle piste plutôt que d'être chez Paul en train de chercher dans les papiers. Ou alors, il trouve cette hypothèse plausible.

Lucas se rappela du nom de l'amie de Martine : « Judith Loiseau » et heureusement, ne posa pas de question concernant cette demande d'information.

Le soir, Clara et Louise s'empressèrent de regarder sur internet mais ne trouvèrent aucun habitant du nom de « Loiseau » sur l'île.

Il leur fallait de l'aide et Clara eu une idée qui allait faire sourire son amie. Pourquoi ne pas demander conseil au gendarme Marc Coutelin ?

19

— Parce que tu penses que ce gendarme, même fondant sous ton charme absolu, va te donner des informations sur un habitant de cette île ? demanda Guillaume, assis à l'arrière de la 308 de Louise.

— Et bien, je ne pensais pas vraiment lui demander moi, dit Clara à mi-voix.

— Et ce ne sera pas moi non plus, enchaîna Louise. Je ne peux pas vraiment compte-tenu que mon père est un ancien gendarme.

— Donc, si ce n'est pas une de vous deux, vous vous imaginez peut-être que le fou qui va poser la question à ce gendarme, sera moi ? C'est ça ?

— Et bien puisque tu le proposes… dit Clara, toujours à demi-voix. Je pensais que pendant ton cours de surf, tu aurais pu sympathiser avec Marc et lui glisser la question entre deux vagues.

— Ben voyons ! Non, là, je ne te suis pas Clara. Tu vas te débrouiller comme une grande et poser cette question à ce Marc toute seule. Si tu veux, je resterai derrière toi, afin de te rattraper lorsque tu tomberas à la renverse suite à sa réponse négative. C'est déjà beaucoup.

— D'accord, répondit Clara, boudeuse. Je vais lui demander moi-même. Est-ce que je peux au moins commencer la conversation en lui demandant s'il peut t'inscrire à un de ses cours ?

— Requête acceptée, répondit Guillaume solennellement.

Louise se mit à rire :

— Vous formez une sacrée équipe tous les deux ! Bon et bien, que souhaitez-vous faire en cette belle journée de mardi ? Hier après-midi, nous avons un peu marché pour visiter la cascade Biberon, mais cela a tout de même épuisé notre Clara. Quarante-cinq minutes de marche ! Quel sport intense et difficile ! dit Louise en se moquant de son amie. Ceci-dit, la ballade aurait pu durer moins longtemps si nous n'avions pas dû faire une pause toutes les dix minutes !

— Ah ! Ah ! Moque-toi sans problème, cela ne me touche pas du tout. Oui, je ne suis pas sportive, et oui, je sais ce que tu vas ajouter Guillaume, pas plus que musicienne !

— Tu m'enlèves les mots de la bouche sœurette !

— Et bien, je pense que cette matinée est toute trouvée pour aller t'inscrire à des cours de surf ! répondit Clara la tête haute. Le soleil et le vent sont au rendez-vous, parfait non ?

— Dis-moi Guillaume, est-ce que ta sœur a toujours été si entêtée ? demanda Louise en souriant.

— Oui, et encore, là elle te montre son côté le plus souple ! répondit Guillaume en lui faisant un clin d'œil dans le rétroviseur.

Clara soupira et reprit :

— Très bien, vous vous êtes ligués contre moi aujourd'hui. Sachez que j'assume entièrement mon caractère, donc, tant que nous ne serons pas allés à la gendarmerie, je ne dirai plus aucun mot. Ça, c'est mon côté le moins souple, puisque à priori, j'en ai un !

— Dis qu'on n'y va pas Louise, allez dis-le ! cria Guillaume. Une journée de repos sans nouvelle idée diabolique, ça ne peut que nous faire du bien ! Pense à nos cœurs fragiles !

Louise se mit à rire, puis ajouta :

— En fait, c'est pour moi que Clara est si entêtée, donc, j'accepte d'aller, même avec plaisir, à la gendarmerie.

— Oui, pour toi et le beau et séduisant Marc ! ajouta Guillaume en souriant.

Clara soupira à nouveau, et fusilla son frère du regard.

Arrivés devant la gendarmerie, Guillaume dit à nouveau à sa sœur que c'était à elle d'expliquer sa demande à Marc, et que Louise et lui ne seraient là que pour éponger ses larmes suite au refus du gendarme.

Marc les accueillit avec son large sourire qui fit à nouveau chavirer le cœur de Clara.

— Eh, mais regardez qui voilà !

— Bonjour Marc, dit Clara. Laissez-moi vous présenter mon frère Guillaume.

Marc tendit la main que Guillaume serra d'une poigne franche.

— Bonjour Marc, reprit Guillaume.

— Bonjour Guillaume. Que puis-je faire pour vous ?

Guillaume regarda sa sœur et lui fit un léger signe de la tête afin qu'elle entame la conversation.

— Et bien, mon frère serait ravi de prendre quelques cours de surf avec vous.

— Très bien, et vous-même ? demanda Marc.

— Euh moi, je vais déjà regarder depuis la plage comment cela se passe, puis ensuite je verrai si ce sport est réellement fait pour moi, ça vous convient ?

— Parfaitement ! Quand pouvez-vous commencer ? demanda Marc à l'intention de Guillaume.

— Dès aujourd'hui ! répondit Clara, avant que son frère ne puisse répondre.

— Oui, c'est très bien, enchaîna Guillaume.

— Est-ce que nous pouvons nous retrouver sur la plage des Roches Noires vers 15 heures ? Je vous emmènerai à l'école de surf et vous pourrez remplir les papiers d'inscription. Le cours commencera à 15 heures 30, et il dure une heure. Mais comptez-bien une heure trente de disponibilité, le temps de s'équiper et de choisir sa planche. Le tarif est de soixante euros par cours, combinaison et planche fournies, assurance incluse.

— Oui, cela semble parfait, reprit Guillaume. J'ai juste une petite question. Ne croyez-pas que je sois une poule mouillée comme une autre personne présente ici, mais est-ce que les requins peuvent attaquer les surfeurs sur cette plage ?

— Et bien la pose des filets anti-requin est prévue pour septembre. Mais soyez rassuré, la plage est surveillée et je ne compte pas vous emmener trop au large. Vous serez quatre personnes dans ce cours, toutes plus ou moins débutantes. Il faudra plusieurs cours avant que vous réussissiez à vous mettre debout, mais même couché sur sa planche, le surf procure des sensations exceptionnelles.

— Louise, est ce que 15 heures te convient comme horaire pour aujourd'hui ? demanda Guillaume.

— Oui, c'est parfait. Je pensais vous emmener visiter une rhumerie aujourd'hui à Saint-Pierre. Donc, nous serons rentrés pour 15 heures.

— Pas trop de dégustation avant le surf, dit Marc en souriant.

— D'accord, dit Guillaume en lui rendant son sourire.

Voyant que ses visiteurs ne semblaient pas vouloir partir, Marc demanda :

— Est-ce que je peux faire autre chose pour vous ?

— Oui, répondit Clara.

— Si c'est une proposition pour boire un verre après le cours de surf, je l'accepte !

— Oui, bonne idée ! répondit Louise, avant que Clara n'ouvre la bouche.

— Oui, c'est ça, bonne idée, reprit Clara. Et ce sera ma tournée pour vous remercier d'avoir inscrit mon frère à un cours si rapidement. Euh, j'aurais un petit service à vous demander également.

— Je m'attends au pire ! dit Marc en faisant la grimace.

— Cela ne devrait pas être trop difficile pour vous à vrai dire, enfin si vous avez quelques minutes pour consulter vos fichiers. Je ne vais pas vous inventer un mensonge cette fois-ci. Alors, voilà où nous en sommes dans nos recherches. Nous avons réussi à retrouver l'adjudant-chef Voinet, vous vous rappelez le hiérarchique du père de Louise à l'époque du drame. Celui-ci nous a alors dit que le père de Louise n'avait pas travaillé le jour où Martine a disparu. Il a donc menti encore une fois à ses enfants. Pour être honnête avec vous, tous ces mensonges nous inquiètent et nous aimerions écarter certaines hypothèses, comme par exemple le meurtre.

— Le meurtre ? lança Marc.

— Oui, une des hypothèses est que le père de Louise aurait assassiné son épouse par jalousie. La mère de Louise avait entretenue une relation par messagerie avant d'arriver sur l'île avec l'époux d'une de ses amies décédée. Une fois arrivée sur l'île, Louise se souvient que Martine Marchand avait rencontré cet homme et nous aimerions le retrouver afin de lui poser des questions.

— Des questions ? reprit Marc.

— Oui des questions du genre : « avez-vous entretenu une relation intime avec Martine Marchand ? ». Cela nous permettrait d'écarter certaines hypothèses qui nous font énormément de souci.

— Ne pensez-vous pas que si Monsieur Marchand avait assassiné son épouse, les enquêteurs l'auraient deviné ?

— N'oubliez pas que Paul Marchand était gendarme, et certainement assez malin pour dissimuler un meurtre.

— Vous m'aviez bien dit que le père de Louise était revenu rendre sa location de bateau en larmes ?

— Oui, et s'il a bien tué son épouse, c'est certainement parce qu'il l'aimait encore. Mais sincèrement, nous souhaitons retrouver cet homme davantage pour laisser tomber cette hypothèse que pour la valider.

— Je comprends. Et donc, comment souhaitez-vous que je vous aide ?

— Et bien, nous n'avons trouvé aucune trace de cet homme sur l'île et nous aurions besoin de vous afin de savoir où il vit.

— Ah je vois. Hum, c'est une demande un peu spéciale. Mais comme je connais les circonstances de cette requête, je vais regarder ce que je peux trouver dans nos fichiers et je vous le dirai ce soir.

— C'est vrai ? cria Clara, le regard illuminé.

— Oui, c'est vrai. Je ne vois pas en quoi cela serait préjudiciable de vous donner une adresse. Après tout, on trouve beaucoup d'informations sur internet et parfois ce sont même elles qui aident les enquêteurs !

— Merci beaucoup Marc, dit Louise. L'homme en question se nomme Richard Loiseau.

— Je n'ose pas imaginer la souffrance dans laquelle vous vivez Louise depuis toutes ces années. Si je peux vous aider à connaître la vérité sur ce drame, et si cela reste légalement faisable, alors, je le ferai.

— Merci encore, dit à nouveau Louise, les yeux commençant à s'humidifier.

— Ah Non ! S'il doit y avoir un héros dans cette histoire, il ne peut être que moi ! lança Guillaume afin de faire sourire Louise. Quand tu m'auras vu sur ma planche de surf Louise, tu ne pourras que tomber sous mon charme !

— Ou tomber à la renverse en comptant le nombre de tasses que tu auras bues dans l'eau ! lança Clara, qui avait compris ce que Guillaume tentait de faire.

Tous les quatre se mirent à rire et Louise ravala ses larmes.

La visite du musée dédié aux rhums fut très intéressante. Clara et Guillaume découvrirent comment se fabriquait cette boisson si ancienne tout en apprenant quelle fut l'histoire de l'Ile de la Réunion. Des premiers colons sur l'île Bourbon à la dernière distillerie créée, tout était expliqué de façon très ludique. Un magnifique moulin permettant de broyer la canne à sucre et datant des années 1940, était en exposition. La visite de la distillerie enchanta même Louise qui n'avait jamais assisté à une telle effervescence, la campagne sucrière ayant commencé depuis quelques semaines à la Réunion. A la fin de la visite, la dégustation fut de rigueur mais Guillaume resta très sérieux et ne goûta qu'un peu de rhum vanille. Clara et Guillaume achetèrent des préparations pour rhum arrangé et une bouteille de rhum café pour Marta.

Ils déjeunèrent sur le chemin du retour et furent à l'heure pour le rendez-vous avec Marc. Les deux femmes laissèrent Guillaume et Marc se rendre à l'école de surf se trouvant à quelques mètres de la plage des Roches Noires, et s'installèrent sur deux transats. Cette plage était un spot apprécié des adeptes de surfs mais aussi de ceux du farniente. Elles regardèrent un groupe d'enfants prendre des cours de surf après l'école. Clara admira leur agilité et leur courage alors qu'ils étaient encore si jeunes.

Une demi-heure après leur installation, Louise et Clara virent arriver Guillaume, Marc, et trois autres adultes, chacun portant une planche de surf sous le bras. Tous s'assirent en bord de plage et Marc donna quelques premières informations en mêlant la parole aux gestes. Clara s'approcha du groupe avec son appareil photo, et demanda aux personnes présentes si cela les dérangeaient d'être photographiées. Guillaume fusilla sa sœur du regard. Non seulement, elle n'avait pas voulu prendre de cours mais en plus, elle dérangeait Marc pendant ses explications ! Chacun répondit que cela ne les gênait pas, sauf Guillaume qui serrait les dents. Le couple faisant partie du groupe demanda même à Clara si elle pourrait leur envoyer les photos sur leur messagerie. Ce que Clara accepta avec plaisir tout en faisant une grimace de victoire à son frère. Marc regarda Clara avec le sourire et pensa que cette fille ne manquait vraiment pas d'aplomb et que cela lui plaisait de plus en plus.

Après les explications, chaque personne avança dans l'eau, se coucha sur sa planche et commença à ramer avec les bras. Ils s'éloignèrent à plusieurs mètres du bord puis attendirent une belle vague. Clara décida de filmer la « première vague de Guillaume ». A l'arrivée de celle-ci, Guillaume se mit à ramer très vite avec les bras, se releva, posa un genou sur la planche et tenta de se lever complètement, mais tomba tête la première dans l'océan. Clara arrêta de respirer puis se sentit soulagée quand elle vit la tête de son frère émerger de l'eau. Elle l'entendit alors crier : « Waouh, c'était génial, excellent ! ». Elle se mit à sourire et pensa que si elle avait été à la place de son frère, elle aurait tout abandonné, sa planche et Marc pour venir se réfugier dans sa serviette de bain. L'heure passa très vite et à la fin de ce premier cours, Guillaume arriva à se maintenir debout sur sa planche pendant une à deux secondes. Il est vraiment impressionnant, pensa Clara qui avait pris son frère en photo tellement de fois que leur mère Marta pourrait vivre ce premier cours de surf, minute par minute.

Le petit groupe alla restituer le matériel à l'école de surf, et Guillaume s'inscrivit pour cinq sessions supplémentaires qu'il arriva à caser jusqu'à son départ de l'île. Il passa un peu de temps avec Marc qui lui montra des vidéos de surfeurs expérimentés. Marc commentait les images en fournissant des explications pouvant aider Guillaume dans son apprentissage.

Vers 19 heures, les deux hommes rejoignirent Clara et Louise qui s'étaient déjà installées à un bar donnant sur le port. Ils commandèrent un Ti Punch chacun et trinquèrent à la première leçon de surf de Guillaume. Marc engagea alors la conversation en se raclant la gorge.

— J'ai eu le temps de faire la recherche que tu m'as demandée Clara.

— C'est vrai ? Mais c'est génial ! cria Clara qui nota le tutoiement de Marc à son égard. Alors ?

— Alors, je ne peux pas te donner l'adresse de Richard Loiseau.

— Ah bon ? Ta hiérarchie n'a pas accepté cette demande ?

— Non, je n'ai même pas eu besoin de leur demander.

— Et bien alors, pourquoi ? demanda Louise qui retenait son souffle depuis le début de la conversation.

— Parce que je ne sais pas si cet homme est au paradis ou en enfer.

— Il est mort !? dirent les deux femmes en chœur.

— Oui, son corps a été retrouvé sans vie en juillet 2000 sur la plage de l'Ermitage. Il tenait dans sa main une arme dont une des balles se trouvait dans son crâne. C'est un habitant logeant non loin de la plage qui avait appelé la gendarmerie afin de signaler un coup de feu, vers les deux heures du matin. Les conclusions de l'enquête ont été que cet homme s'était suicidé n'ayant pas supporté la mort de son épouse. Ses proches ont tous affirmé qu'il était très fragile et instable nerveusement depuis le décès de sa femme.

Les deux femmes regardaient Marc sans rien dire, complètement atterrées par les explications. Clara respira profondément afin de faire partir la boule qu'elle avait au ventre. Elle imaginait que pour Louise, ce n'était pas une boule mais plusieurs cumulées qu'elle devait ressentir. Marc s'arrêta de parler et après plusieurs secondes de silence, Clara réussit à dire :

— Donc, Monsieur Loiseau a été retrouvé mort quelques mois après la disparition de Martine, et ceci sur la plage de l'Ermitage ?

— C'est la plage où a disparu également ma mère, arriva à prononcer Louise.

— Attendez les filles, je commence à percevoir le fond de votre pensée, enchaîna Guillaume. Je suis certain que vous êtes en train de vous dire que le père de Louise, n'arrivant pas à assouvir sa souffrance maladive, a éliminé ce pauvre Richard Loiseau. Je devine bien ?

— Oui, c'est vrai, c'est bien l'idée qui me trotte dans la tête, dit Clara d'une voix triste. Si le père de Louise a été assez jaloux pour tuer son épouse, la rancœur lui a peut-être fait éliminer l'amant de sa femme.

— Euh on se calme les filles, là, poursuivit Marc. Il ne faut pas vous mettre de telles idées en tête. J'ai eu accès au rapport d'enquête et en effet, Monsieur Loiseau a été complètement perturbé par le décès de son épouse. La thèse du suicide est tout à fait plausible, d'accord ?

— Avoue tout de même que cette situation est plus qu'étrange Marc, dit Clara.

— Oui, j'avoue que je ne m'attendais pas à cela en lançant les recherches, mais tout bon enquêteur ne doit pas se laisser prendre par les jeux de circonstances.

— Je ne crois pas en l'existence du hasard, poursuivit Louise, dont les larmes envahissaient ses yeux. Ma mère a disparu sur une plage, nous savons qu'elle avait une relation avec un homme, et cet homme a été retrouvé mort sur cette même plage. C'est un peu difficile de se dire qu'aucun lien n'existe entre ces deux drames.

— Oui, une relation, mais il est fort probable qu'elle ne fut qu'une liaison d'amitié, enchaîna Guillaume. Il ne faut surtout pas arriver à des conclusions trop hâtives.

— Alors, le seul moyen est de se rendre dans la maison de Paul et de chercher si une information pouvant nous aider se trouve dans les papiers, dit Clara sur un ton déterminé.

— Vous voulez fouiller dans les papiers du père de Louise ? dit Marc interloqué.

— Ah, je suis heureux de voir que je ne suis pas le seul stupéfié par cette idée ! lança Guillaume.

— Nous ne voulons pas fouiller dans le sens péjoratif du terme Marc, mais trouver des réponses. Mettez-vous à ma place, lança Louise dont la tristesse avait laissé place à la colère, mais mettez-vous à ma place ! Je n'ose même plus appeler mon père car je ne sais plus quel homme il est ! Je n'arrive pas à me dire qu'il ait pu faire du mal à ma mère et maintenant à cet homme, mais une petite voix au fond de mon esprit me dit que c'est possible et qu'il faut envisager cette hypothèse. Il faut trouver ce qui est arrivé à ma mère ce jour-là et si mon père a commis un acte cruel, je dois le savoir ! Tout comme doivent le savoir mes frères également.

— Tu as des frères Louise ? demanda Marc doucement.

— Oui, deux, Lucas qui a trente-six ans et Léon qui a dix-neuf ans.

— Est-ce qu'ils sont au courant de votre enquête ?

— Non ! crièrent les deux femmes.

— Alors, je pense que vous devez les mettre au courant, dit Marc.

— Je suis du même avis, poursuivit Guillaume.

— Vous avez raison, dit Clara. Nous devons les informer de ce que nous avons découvert, continua-t-elle à l'intention de Louise. Leur cacher n'est pas correct.

— Je suis d'accord, répondit Louise. Après tout, eux-aussi doivent encore se poser des questions, même s'ils n'en parlent jamais. Cela pourra les aider tout comme moi.

Louise proposa d'inviter Lucas et Léon à dîner le lendemain pour les mettre eu courant. Clara prit la main de son amie et la serra très fort. Louise demanda à son amie si elle pourrait expliquer les détails de leurs découvertes et Clara promit qu'elle le ferait. Tous les quatre restèrent au bar et commandèrent des plats rapides à la carte. Marc proposa à Guillaume de le ramener à son appartement car il habitait lui-aussi à La-Saline-les-Bains. Ils quittèrent les deux femmes vers 22 heures.

Assises dans le canapé avec leurs deux tisanes, Clara demanda à son amie :

— Tu es certaine de vouloir continuer Louise ? Je me rends bien compte que toutes ces découvertes te font beaucoup de mal.

— Elles me font du mal, oui Clara, mais je veux savoir, et encore plus à présent ce qu'il s'est vraiment passé ce jour-là.

Pendant seize ans, je me suis posée et reposée et reposée encore la question. Je n'aurai jamais pensé pouvoir progresser de cette façon-là et c'est vraiment grâce à toi. Tu ne peux pas savoir comme je t'en suis reconnaissante. Sans toi, je n'aurais jamais osé me lancer dans de telles aventures et au fur et à mesure que ma vie aurait avancé, cette question m'aurait rongé et fait mourir à petits-feux. Tu sais, si je n'ose pas me lier sérieusement à un homme, je pense que c'est parce que j'ai peur de m'attacher et d'avoir à nouveau mal. Comme j'ai peur d'avoir des enfants, de les aimer et de les perdre par malheur.

— Je comprends ma Loulette, mais il ne faut pas que tu t'arrêtes de vivre. Je suis certaine que nous allons découvrir ce qui est arrivé à ta maman, et je veux que nous fassions aussi cela pour que tu reprennes confiance en la vie. Certes, elle comporte des moments difficiles, mais ne pas la vivre entièrement et en profiter à fond, c'est encore plus triste que de ne pas la vivre du tout ou à moitié.

Clara serra son amie dans ses bras, et espéra de tout son cœur, qu'un jour Louise sera heureuse du matin au soir et du soir au matin.

20

La journée de mercredi s'annonçait reposante. Louise et Clara passèrent voir Lucas au club de plongée pour l'inviter à dîner le soir et Louise appela Léon pour lui proposer la même invitation. Marc avait proposé à Guillaume de le pendre au passage le matin pour le conduire à Saint-Gilles. Le fait qu'il habite à La-Saline-les-Bains tombait vraiment bien et allait éviter des allers-retours à Louise.

Les deux femmes passèrent la plus grande partie de la journée sur la plage des Roches Noires à bronzer, lire et bavarder. Guillaume qui en eu largement assez de bronzer au bout d'une heure, laissa Clara et Louise à leur transat et alla voir Lucas au club de plongée.

Vers 15 heures, les deux amies partirent faire les courses pour préparer le dîner. Au menu : tartare de saumon puis poulet basquaise accompagné de pâtes fraiches. Clara proposa à Louise d'acheter un moelleux au chocolat pour le dessert. En sortant du magasin, elles croisèrent Marc qui se rendait à son cours de surf et Louise l'invita à partager leur repas. Elle sourit en voyant le visage illuminé de Clara à la réponse positive. Elle était heureuse de pouvoir, elle aussi, participer au bonheur de son amie.

A 20 heures le repas était prêt et le premier invité à arriver à l'appartement de Louise fut Léon. Puis Lucas et Guillaume les rejoignirent. L'épouse de Lucas et sa fille ne pouvaient pas être présentes car elles avaient acheté des places pour un concert local depuis des semaines et le remboursement n'était pas possible. Le dernier à les rejoindre fut Marc qui arriva avec une bouteille de champagne et un bouquet de fleurs mélangées.

Tous s'installèrent autour de la table et Lucas déboucha la bouteille de champagne. Louise engagea la conversation :

— Lucas et Léon, nous devons vous parler de quelque chose d'important, dit Louise, le visage fermé.

— Ton regard me fait peur Louise, enchaîna Lucas, que se passe-t-il ?

Louise, aidée par Clara, raconta alors ce que les deux femmes avaient découvert. Elles parlèrent toutes les deux d'un ton posé et calme. Louise fut surprise de pouvoir expliquer la situation sans avoir les yeux mouillés et Clara fut soulagée de voir que le fait d'exposer le contexte de leurs recherches, apaisait son amie. Elle est forte et courageuse, pensa Clara qui était très fière de Louise. Lucas et Léon gardèrent le silence pendant toute l'explication et acquiesçaient par moment afin de montrer aux deux femmes qu'ils comprenaient très bien les faits exposés et qu'ils approuvaient ces recherches. Quand Louise se tut, ce fut Lucas qui prit le premier la parole :

— Vous êtes extraordinaires les filles. J'ai l'impression de rêver tant ceci est incroyable, mais je sais que je ne dors pas et que je suis bel et bien avec vous.

— Oui vous avez fait un travail de recherche phénoménal, reprit Léon. Je n'ai plus vraiment de souvenir de maman malheureusement, mais d'après tout ce que vous m'aviez raconté sur elle, je n'ai jamais cru qu'elle avait pu se noyer. Elle était trop prévoyante et nous aimait tellement, que cette conclusion m'a toujours semblé invraisemblable.

— Pour ma part, enchaîna Lucas, je m'étais fait une raison, surtout à force de voir des noyades arrivées stupidement. A chacune de mes plongées, je me dis que je vais revoir le fantôme de maman sous l'eau. C'est idiot mais je ne pourrai jamais m'enlever ce souhait de la tête. Le fait que papa soit finalement impliqué dans ce drame me pose un réel problème. Te souviens-tu Louise, comme il était interdit de parler de maman après le drame ? J'en ai toujours voulu à papa, et si maintenant, nous apprenons qu'il a fait du mal à maman, je crois que je pourrais le tuer et emmener son corps au fond de l'eau pour que les requins s'occupent de lui.

— Oh là ! Doucement ! lança Guillaume.

— Oui, ne vous mettez pas tout de suite de mauvaises idées en tête, reprit Marc. Votre père a menti, c'est certain, mais pour le moment, aucune preuve n'a été trouvée qui le rende coupable d'un crime.

— Oui, c'est vrai, dit Lucas en se calmant. Nous n'avons pour le moment aucune preuve d'un crime commis.

— Que pensez-vous de l'idée d'aller chercher dans les papiers de votre père ? demanda Clara.

— C'est une bonne idée, répondit Léon.

— Oui, je confirme, dit Lucas. Quand je vois les kilos de documents que nous conservons à la maison depuis des années chez nous, je me dis que chez papa, cela doit être la même chose. Et ces documents peuvent nous aider à trouver des pistes.

Pendant le dîner, Lucas proposa d'appeler son père le lendemain afin de lui demander de l'aide administrative. Son père était toujours content de pouvoir participer aux demandes de licences de plongée, ou à la gestion comptable du club. Il appellerait Louise juste après pour lui dire quand la maison de leur père serait vide. Les deux femmes pourraient alors s'y rendre sans crainte d'être surprises par Paul Marchand.

Après le départ de Lucas et de Léon, Guillaume et Marc proposèrent de partager une tisane avec les deux femmes. Clara et Louise furent ravies de cette proposition. La fin de soirée fut très agréable et la présence des deux hommes rassurèrent les deux amies, tout de même bouleversées par le dîner et les explications qu'elles avaient dû donner à Lucas et Léon. Ce qui avait inquiété le plus Louise, c'est que ses frères leur en veuillent d'avoir entamé les recherches car cela allait leur rappeler des moments douloureux. Voir que Lucas et Léon approuvaient leur enquête soulagea Louise. Elle pourrait rechercher dans les papiers de ses parents le cœur un peu plus léger.

21

Lucas appela sa sœur à 10 heures et lui dit que leur père allait venir à 14 heures au club le jour-même. L'annonce de la nouvelle fit sursauter le cœur de Louise. Clara et elle serait donc prêtes à se rendre à la maison de Paul Marchand l'après-midi même. Guillaume étant déjà arrivé chez Louise après que Marc l'y ait déposé, proposa de faire le guet devant le club de plongée afin d'avertir les deux femmes dès que Paul en ressortirait.

Vers 13 heures 30, Clara et Louise s'installèrent sur le sable blanc de la plage de Boucan-Canot et attendirent de recevoir le SMS de Lucas, confirmant que son père était bien avec lui au club. De son côté, Guillaume s'installa à la table d'un bar depuis laquelle il apercevait la porte d'entrée du club et commanda une bière.

Le SMS arriva à 14 heures 10 et les deux femmes se rendirent à la maison de Paul.

Quand Louise introduisit la clé dans la serrure de la porte, elle ressentit un sentiment de culpabilité mais le chassa vite. Il fallait trouver une autre hypothèse que celle où son père était un criminel !

Elles commencèrent par se rendre dans le bureau de Paul. Clara laissa Louise mener les recherches et resta en retrait derrière son amie.

Louise regarda rapidement dans les tiroirs du bureau mais ne trouva que des crayons, feuilles blanches, agrafeuse, rouleau de scotch, bref tout le matériel administratif dont son père avait besoin, et dont elle avait également en sa possession dans son bureau à elle.

Elle ouvrit le secrétaire en teck et trouva des factures, des documents bancaires, d'autres concernant la retraite de Paul, tous datant de moins d'un an. Elle savait que son père rangeait les archives dans une grande armoire se trouvant dans sa chambre à coucher. Les deux amies s'y dirigèrent n'ayant rien trouvé dans le bureau. Louise ouvrit l'armoire et sur un des côtés, étaient soigneusement alignées des boîtes d'archives en carton sur lesquelles était inscrit chaque contenu.

— Tu crois que nous devons ouvrir chaque boîte ? demanda Louise.

— Je crains que oui, répondit Clara.

Louise ouvrit donc chaque carton. Cela lui prit une heure pour parcourir factures anciennes, bulletins de paie, analyses médicales, et encore d'autres documents de la vie courante. Clara aidait son amie à remettre les papiers dans leur boîte et veillait à ranger chaque carton à sa place.

— Bon, et bien nous n'avons rien trouvé d'étrange dans ces papiers, dit Louise en soupirant.

— C'est déjà une bonne chose, dit Clara. Quelque chose m'étonne tout de même. Nous avons trouvé des documents concernant ton père, mais aucun en lien avec ta mère. Tu penses que ton père les aurait tous détruits ?

— Oui, c'est vrai, tu as raison. C'est étrange de ne pas avoir trouvé un seul document en lien avec ma mère. Je ne sais pas ce que mon père en a fait.

— Il les a peut-être rangés dans un autre endroit. Est-ce que la maison possède un grenier ?

— Non, il n'y a pas de grenier mais il y a un garage. On va y jeter un œil ?

Les deux femmes se dirigèrent vers le garage. Clara fut surprise par le soin apporté au rangement. Ce garage est aussi bien rangé que l'atelier de mon père, pensa-t-elle. Sur la partie droite du garage, deux grandes étagères étaient fixées au mur. Elles contenaient des cartons soigneusement rangés et étiquetés. Clara passa devant chaque carton et lut le descriptif du contenu : « Affaires de ski », « Matériel de plongée ancien », « Timbres », « Cartes postales ». Elle pensa qu'il leur faudrait bien plus qu'une journée pour examiner chaque carton. Elle se tourna vers Louise et lui dit :

— Cela va nous prendre du temps d'ouvrir chaque carton.

— Oui, tu as raison. Je ne sais pas si c'est la bonne solution.

Louise se trouvait de l'autre côté du garage et était en train d'ouvrir une penderie dans laquelle son père avait rangé de vieux habits pour bricoler et jardiner. Le regard de Clara fut attiré par un carton posé au-dessus de la penderie.

— Tiens, dit-elle en montrant du doigt le carton. Pourquoi celui-ci n'est-t-il pas rangé avec les autres ? Il y a pourtant de la place sur les étagères.

Louise rejoignit son amie et vit alors le carton posé sur l'armoire.

— Je ne l'avais pas vu car j'étais trop près de la penderie. Attends je vais prendre l'escabeau pour lire ce qui est noté dessus.

Louise monta sur les marches de l'escabeau, lut ce qui était inscrit sur le carton et ne bougea plus.

— Alors ? demanda Clara.

— Alors, nous l'avons trouvé.

— Qu'est-il noté ?

— Il est noté : « Martine », dit Louise qui ne bougeait toujours pas.

Clara s'approcha de l'escabeau, monta à son tour et se positionna derrière Louise. Elle remarqua que les jambes de Louise tremblaient et devina que son amie devait être bouleversée.

— Je vais t'aider à descendre puis ensuite, je remonterai chercher le carton.

— Tu te rends compte Clara, dit Louise d'une voix tremblante, cela fait tellement longtemps que je n'ai pas touché quelque chose ayant appartenu à ma mère. Deux mois après sa disparition, mon père a donné toutes ses affaires sans même nous demander si nous souhaitions garder quelque chose. Le seul souvenir d'elle qui reste dans cette maison est la photo de nous cinq posée sur le buffet du salon.

— Je comprends que tu sois troublée ma Loulette. Je reste derrière toi, et prends ton temps pour descendre.

Louise descendit doucement les marches de l'escabeau. Arrivée au sol, Clara serra son amie dans ses bras puis remonta chercher le carton. Elle proposa à Louise d'emmener le carton au salon car elles seraient plus à l'aise pour en découvrir le contenu, assises sur le tapis moelleux.

Arrivées dans la pièce, elles s'installèrent toutes les deux l'une contre l'autre, puis Louise ouvrit le carton. Ses mains tremblaient et Clara savait que son cœur devait tambouriner dans sa poitrine. Louise sortit d'abord des coupures de presse relatant la disparition de sa mère. Son père avait inscrit la date d'édition sur chaque morceau de journal. Elle les déposa avec soin sur le tapis. Elle attrapa ensuite un dossier cartonné de couleur verte qu'elle posa à côté d'elle. Elle l'ouvrit puis découvrit toute une série d'examens médicaux au nom de sa mère : un bilan sanguin dont les résultats étaient bons, les vues d'une IRM, une ponction lombaire qui montrait un liquide céphalorachidien normal, et un électromyogramme dont le compte-rendu avait été dégrafé.

— Te rappelles-tu pourquoi ta mère avait passé tous ces examens ? demanda Clara.

— Je ne savais même pas qu'elle les avait passés, répondit Louise d'une voix faible.

— A part ceux de l'électromyogramme qui ne sont pas présents, ces résultats semblent plutôt bons.

— Oui, c'est vrai. Je me demande pourquoi mon père a conservé ces documents.

Louise posa la pochette contenant les examens à côté des coupures de presse. Elle sortit ensuite du carton une enveloppe à bulles vide. Elle avait été postée de Suisse et la date d'envoi correspondait à cinq jours avant celle du drame. Elle était adressée à la mère de Louise et l'adresse était celle de l'appartement de fonction qu'avait occupée la famille Marchand à leur arrivée sur l'île.

— Je ne comprends pas pourquoi mon père a conservé cette enveloppe vide.

— C'est étrange en effet.

Au fond du carton se trouvait un album photos. Louise l'ouvrit et des larmes se mirent à couler sur son visage. Une soixante de photos représentaient Martine Marchand seule ou avec son mari et ses enfants. Clara sentit les larmes lui monter aux yeux mais elle se ressaisit en respirant profondément. Elle devait rester forte pour son amie. Toutes ces photos montrent une femme belle et rayonnante, pensa Clara. Pourquoi a-t-elle passé ces examens médicaux ? Et pourquoi Paul les a conservés depuis si longtemps ? Et que signifie cette enveloppe vide ? La sonnerie du téléphone de Clara la fit sortir de ses pensées. Elle venait de recevoir un SMS de son frère lui disant que Paul était sorti du club de plongée. Elle répondit par un simple : « OK ».

— Nous devons partir Louise, ton père va arriver.

— Non, Clara. Je ne partirai pas sans avoir eu des explications de sa part, dit Louise en serrant l'album contre elle. Je vais appeler Lucas et Léon et leur demander de nous rejoindre. Fais-en de même avec ton frère.

Le ton de Louise était déterminé et Clara sut qu'elle ne réussirait pas à la faire changer d'avis. Après tout, pensa Clara, c'est peut-être la meilleure des solutions pour connaître la vérité, ou du moins pour s'en approcher.

Louise s'assit sur le canapé et demanda à Clara de se mettre à côté d'elle. Clara prit la main de son amie dans la sienne et elles restèrent, là, sans parler, perdues dans leurs pensées respectives.

Au bout de quinze minutes, Paul arriva en voiture. Louise se leva et alla l'accueillir à la porte.

— Ne pose pas de question papa et entre.

Clara était restée assise sur le canapé et se leva quand Paul entra au salon.

— Bonjour Monsieur Marchand, dit Clara.

— Mais que se passe-t-il les filles ? demanda Paul. Vous êtes bien mystérieuses.

Paul baissa les yeux et aperçut le carton ouvert avec les coupures de presse, la pochette verte et l'album photos posés à côté. Il tressaillit et son visage devint subitement pâle.

— Je savais que ce jour arriverait tôt ou tard, dit-il.

Lucas, Léon et Guillaume entrèrent alors à leur tour dans le salon. Louise prit la parole :

— Venez-vous assoir dans le canapé. Papa, tu peux prendre le fauteuil. Clara et moi allons nous assoir sur des chaises.

Tout le monde s'installa et Louise poursuivit :

— Papa, je veux d'abord que tu saches que cela fait seize longues années que chaque jour je me pose la question suivante : que s'est-il passé le jour où maman a disparu ? Alors quand Clara m'a proposé de m'aider à trouver une réponse, j'ai ressenti comme une énorme bouffée d'oxygène. Nous avons mené une enquête, je te passe les détails, mais nous savons que le jour du drame, tu n'as pas travaillé, que tu as loué un bateau et que tu l'as rendu en pleurs.

Louise hésita mais poursuivit :

— Nous savons aussi qu'un ami de maman, Richard Loiseau, a été retrouvé mort sur la plage de l'Ermitage, une balle dans la tête, quelques mois après la disparition de maman.

Clara regardait Paul pendant que Louise parlait. Il était blême et de la sueur perlait sur son front. Elle était vraiment fière de son amie car la Louise qui pleurait encore moins d'une heure auparavant avait été remplacée par une Louise sûre d'elle, parlant posément et pesant chacun de ses mots.

— Nous ne savons pas si un lien existe entre la disparition de maman et ce Monsieur Loiseau…

— Il n'en existe pas, enfin pas tel que vous devez le croire, coupa Paul.

— Peux-tu donc nous expliquer ce qu'il s'est passé ? cria Lucas.

— Calme-toi Lucas, reprit fermement Louise, nous devons écouter ce que papa a à nous dire avant de nous énerver. Papa ?

— Je savais qu'un jour, j'aurais à le faire et ce jour est arrivé. Finalement, je suis soulagé, car avoir gardé ce secret, seul, pendant toutes ces années a été un véritable fardeau.

— Ce secret ? demanda Louise.

— Oui, c'est exact, continua Paul. Un secret que seuls votre mère et moi connaissaient.

— Nous t'écoutons papa, dit Léon.

Paul prit une grande inspiration et commença à expliquer :

— Et bien voilà. Lorsque j'ai reçu la réponse positive à ma demande de mutation sur l'île, votre mère et moi avions été fous de joie. Mais cette joie a été brisée quelques jours après. Vous ne l'aviez pas remarqué car votre mère faisait tout pour vous le cacher, mais depuis quelques semaines, elle ressentait comme une faiblesse dans une de ses jambes. Elle avait le sentiment que cette jambe ne fonctionnait plus comme elle le souhaitait. Nous ne nous sommes pas inquiétés tout de suite. Par contre, quand votre mère a commencé à lâcher des objets sans le vouloir, je lui ai demandé d'aller voir notre médecin. Elle a commencé par faire un bilan sanguin qui s'est révélé bon. Comme votre mère était fatiguée, on aurait espéré que ce bilan montre une carence en fer par exemple, mais non, ce n'était pas le cas. Notre médecin nous a alors orientés vers un neurologue. Celui-ci a alors passé beaucoup de temps à chercher ce qu'avait Martine. Elle a passé une IRM afin de savoir si les symptômes n'étaient pas dus à une anomalie au niveau de la moelle épinière, mais là encore, les résultats étaient bons. On lui a fait une ponction lombaire afin de savoir si elle n'était pas atteinte par une quelconque infection, mais non, ce n'était pas cela non plus.

Paul se mit à sourire et poursuivit :

— Vous vous rappelez comme était votre mère. Sa seule requête concernant ces examens était d'être rentrée à la maison à temps pour pouvoir vous accueillir dès votre arrivée de l'école. Elle vous aimait tellement qu'elle ne voulait pas vous mettre au courant et vous inquiéter. Et puis, un matin, le neurologue lui a fait une électromyographie.

— Une électromyographie ? questionna Lucas.

— L'électromyogramme est le tracé obtenu permettant de mesurer l'activité électrique d'un muscle ou d'un nerf, reprit Paul. Dans le cas de votre mère, il a démontré une anomalie dans le trajet du message nerveux. Le neurologue nous a alors dit de quoi souffrait votre mère. Elle était atteinte d'une sclérose latérale amyotrophique. Cette maladie plus connue sous le nom de maladie de Charcot est neurodégénérative, c'est-à-dire que les cellules nerveuses qui commandent les muscles de votre mère allaient mourir. Au fur et à mesure que les jours allaient passer, elle ne pourrait plus marcher, se servir de ses mains, parler, manger et pour finir respirer. Ce qui était terrible, c'est qu'elle allait conserver toutes ses capacités intellectuelles et assisterait à sa paralysie totale en toute conscience et se sentirait ensuite mourir suite à une insuffisance respiratoire.

Louise poussa un cri d'effroi. Clara regarda autour d'elle et vit que les larmes coulaient sur les joues de Paul mais aussi sur celles de ses trois enfants. Elle eut le cœur serré. Guillaume la regarda et lui fit un signe de la tête. Il était lui aussi triste et son visage était fermé. Elle se leva et alla chercher des verres et une carafe d'eau fraiche à la cuisine. Pendant son absence, Paul s'arrêta de parler. Après avoir bu un peu d'eau, Paul se leva du fauteuil, puis s'agenouilla vers le buffet. Il passa sa main sous le meuble et décrocha une grande enveloppe marron.

— Dans cette enveloppe, vous pourrez lire le compte-rendu du neurologue, reprit-il.

Paul alla s'assoir à nouveau et poursuivit :

— Cette maladie allait avoir une progression très rapide et votre mère n'avait plus que deux à quatre ans à vivre. Aucun médicament n'existait et n'existe toujours pas pour combattre cette maladie. Vous ne pouvez pas savoir comme cette nouvelle nous a fait pleurer, mais toujours en silence. Votre mère me fit jurer de ne rien vous dire et de faire comme si de rien n'était en votre présence. Je ne sais pas où elle trouva cette force mais quand vous étiez avec elle, elle réussissait à garder le sourire et sa joie de vivre. Elle vous aimait tellement que pour rien au monde elle aurait voulu vous voir malheureux. Entre temps, elle reçut la réponse de Richard Loiseau lui disant que son épouse était morte. La seule fois où votre mère a pleuré devant vous, fut suite à cette annonce. Quelques jours avant notre départ, Martine appela le neurologue et lui expliqua qu'elle ne pourrait plus venir le voir, sans lui donner plus d'information. Votre mère voyait les symptômes de la maladie s'aggraver. Il lui arrivait de perdre l'équilibre et même de tomber. Mais à chaque fois, ce qui la rassurait c'est que vous n'étiez pas présents quand cela arrivait. Nous nous sommes installés sur l'île puis nous avons invité Richard Loiseau à dîner. Ce pauvre homme était complètement abattu. Il ne souhaitait qu'une seule chose, c'était rejoindre sa femme. C'est à la fin de ce repas que Martine eut cette idée, celle de mourir avant que la maladie ne la fasse partir. Elle ne pouvait pas imaginer vous voir malheureux jour après jour, la voyant diminuée, puis paralysée pour finalement devoir mourir si rapidement. Alors, elle me demanda de l'aide afin de la faire partir dignement. Je ne pouvais pas me résoudre à cette idée, mais votre mère me supplia chaque minute où nous étions ensemble. La voir souffrir en silence me brisait le cœur alors je finis par accepter. Et puis, je crois que je n'aurais pas supporté voir Martine sombrer dans un trou de plus en plus profond dont la seule issue était la mort. Je l'aimais tellement.

Paul marqua une pause et but une gorgée d'eau. Ses enfants, Clara et Guillaume ne bougèrent pas. Clara eut l'impression que le temps s'était arrêté et qu'il ne reprendrait qu'à la fin du récit de Paul. Elle regarda Louise qui avait la tête baissée, et lui prit la main.

Paul reprit la parole :

— Votre mère souhaitait partir en douceur, sans souffrance et sang. Nous avions vu une émission à la télévision quelques mois auparavant sur une association Suisse permettant d'aider les malades en fin de vie à partir dignement. En Suisse, l'aide au suicide est autorisée et permet aux personnes dont les maladies sont incurables de partir en douceur et ceci en buvant une substance létale. Votre mère avait été fascinée par cette émission qui permettaient à des personnes en extrême souffrance d'abréger leur supplice, et ceci entourées de leur famille. Alors, pendant une semaine, elle a envoyé des lettres à des médecins suisses expliquant son cas et joignait une copie du bilan du neurologue. Dans ces lettres, elle suppliait ces médecins de bien vouloir lui vendre une fiole de pentobarbital de sodium, la potion létale dont quelques grammes dilués dans de l'eau permettent aux malades de mourir sans souffrance. Puis un jour, elle reçut l'enveloppe blanche à bulles, que vous avez déposée sur le tapis, contenant un flacon de la substance. Elle avait aussi préparé un scénario, celui que vous connaissez. Alors, un matin où le vent et les vagues étaient forts, elle décida que c'était le jour. Elle eut le cœur déchiré quand elle vous annonça qu'elle devait s'absenter faire quelques achats et qu'elle vous quitta. Votre mère avait un courage phénoménal. Elle me rejoignit sur le port où j'avais loué un bateau, puis nous partîmes en mer. Au bout d'un certain temps, Martine me demanda de couper le moteur. Elle trouvait l'endroit beau. J'étais en larmes, je n'arrivais pas à me calmer. Je lui dis que vous seriez assez fort pour supporter sa maladie et son départ dans deux ou trois ans. Là, elle me regarda dans les yeux et me dit : « Je souffre déjà beaucoup mon amour, les deux années que je passerais avec vous ne seraient que douleur et tristesse. Je vous verrai toi et les enfants vous morfondre pendant que moi je dépérirai. Non, je ne pourrais pas le supporter. La mort est ce qui m'attend alors, ce que je veux au plus profond de moi-même, c'est partir maintenant. » Elle se coupa une veine du poignet et versa du sang sur sa robe, puis la retira et la jeta à l'eau. Elle noua un sac de pierres à son pied. Ses gestes étaient lents. Elle montrait un courage hors norme et moi j'étais à côté d'elle, pleurant comme un enfant, ne sachant plus quoi penser. Je voulais hurler au monde entier que la femme que j'aimais plus que tout ne devait pas mourir, que sa maladie était cruelle, mais je restais assis sans bouger, à la regarder organiser son suicide dans les moindres détails. Elle me regarda et je sus que le moment était arrivé. Elle se blottit dans mes bras, puis versa quelques grammes du liquide létal dans un verre d'eau en plastique. Ses yeux me fixèrent. Elle me dit que sa vie fut un rêve tant elle avait été heureuse à mes côtés. Qu'elle vous aimait du plus profond de son être et que je devais faire de mon mieux pour vous garder heureux et en bonne santé. Que de là où elle serait dans quelques minutes, elle veillerait sur nous. Elle but le liquide, puis continua à me regarder avec le sourire et un amour inconditionnel dans ses yeux. Puis elle les ferma. Ses lèvres se détendirent, ainsi que son visage. Elle souriait presque. Sa respiration devint de plus en plus lente. Puis elle s'arrêta. Je me mis à pleurer tellement fort que les secousses me firent mal dans tout mon corps. Au bout d'un certain temps, je la soulevai et mit son corps dans l'eau. Je restai là encore un moment afin de me calmer et de réaliser ce qui venait de se produire. Puis je retournai au port et rendis le bateau. J'avais fait la promesse à votre mère de vous préserver et de vous protéger et ce fut mon unique préoccupation pendant toutes les années qui suivirent. Je sais que j'ai tout fait pour ne plus que vous pensiez à elle et ceci certainement maladroitement, et je m'en excuse. Mais imaginez la souffrance que j'avais au fond de mon cœur.

Paul s'arrêta de parler. Ses yeux étaient rouges, ses joues trempées de larmes, ses traits tirés comme s'il avait vieilli au fur et à mesure de son récit. Alors Clara se rendit compte de toute la souffrance qu'avait subie cet homme. Paul prit dans ses mains l'enveloppe marron qui avait été cachée pendant toutes ces années sous le buffet du salon. Il en sortit une enveloppe blanche et dit :

— Votre mère avait préparé un courrier au cas où un jour vous découvriez la vérité. Cette lettre est pour vous. Je vous laisse la lire.

Léon se leva et prit l'enveloppe. Il lut la lettre à voix haute.

Le 8 juillet 1999,

Mes amours,

Si vous lisez cette lettre, c'est que vous avez découvert la vérité sur mon départ. J'espère juste que tous les trois, vous êtes en âge de comprendre mon choix. Le sort a fait que je tombe malade et que cette maladie soit dégénérative et mortelle. Je veux que vous sachiez que s'il y avait eu un infime espoir que je puisse guérir, je me serais battue et je n'aurais pas pris cette décision. Mais là, vous m'auriez vue me raidir, me taire, m'étouffer et mourir. C'est au-delà de mes forces.

Je veux que vous gardiez une image de moi heureuse, épanouie, aimante et pouvant vous serrer fort dans mes bras. Vous avez été mes anges, mes amours, ma vie.

Avec votre père, nous avions fait le rêve fou de venir habiter sur cette île, et nous y sommes parvenus. Cette île est belle, riche en paysages variés et spectaculaires, et j'espère que vous aurez pris la décision d'y vivre. J'ai toujours aimé l'océan et savoir qu'il sera le lieu de mon dernier voyage est pour moi un réconfort.

Maintenant, je ne veux pas que vous jugiez votre père. Je ne lui ai pas laissé le choix concernant ma décision et j'ai vu comme sa souffrance a été terrible. Votre père est mon âme sœur. Nous nous aimons d'un amour profond.

Soyez certains que c'est une réelle preuve d'amour qu'il m'a offert.

Léon, Louise et Lucas, mes trois ailes du bonheur, je vous aime de tout mon cœur.

Prenez soin de vous. Je veillerai à chaque instant de ma nouvelle vie sur vous.

Maman.

Léon replia la lettre et la tendit à Louise.

— C'est à toi de la garder Louise.

Louise se leva prit la lettre, se dirigea vers son père et le serra fort dans ses bras. Lucas et Léon les rejoignirent et les enlacèrent à leur tour de leurs bras vigoureux.

Guillaume se leva, prit la main de sa sœur et l'emmena à l'extérieur de la maison.

— Ils ont besoin de se retrouver entre eux un moment, dit-il.

— Oui, c'est certain. Je ne m'attendais pas à cela Guillaume. J'ai des frissons qui ne me quittent pas depuis que Paul a commencé son récit. Je n'ose imaginer la peine que Martine et Paul ont ressentie. Crois-tu que Martine ait fait le bon choix ?

— C'est difficile de se mettre à sa place tu sais. Elle a fait ce choix dans le but de protéger ses enfants. C'est en quoi elle croyait. Je pense que d'autres personnes atteintes par cette maladie trouvent, elles, la force de se battre et préfèrent montrer à leur proche ce tempérament fort de courage.

— Mais peut-être que le choc de sa mort aurait été moins brutale si elle ne s'était pas suicidée, et en plus, ses enfants ne se seraient pas posés autant de questions suite à sa disparition.

— Oui, mais tous auraient énormément souffert pendant deux, trois ou quatre ans. C'est difficile de savoir quel est le meilleur des choix quand la mort sonne au portillon. Il n'y a que la personne concernée qui connait la décision à prendre. Tu vois, tu as été triste quand tu as trouvé l'article relatant la disparition de Martine car tu n'avais pas été présente auprès de Louise pour l'épauler, et bien maintenant, tu es auprès d'elle pour l'accompagner dans l'acceptation de ce qui s'est réellement passé. Et elle va avoir besoin de toi.

— Oui, et cette fois, je suis là ! Merci en tout cas Guillaume de nous avoir aidé. C'est toi mon soutien à moi.

Guillaume prit sa sœur dans ses bras et ils restèrent ainsi jusqu'à que le coucher du soleil illumine le ciel de rayons rouge, rose, orange et jaune.

22

Le reste de la semaine passa paisiblement pour Clara et Louise. Elles se reposèrent et bronzèrent sur les différentes plages côté Ouest de l'île. Elles parlèrent aussi beaucoup. Louise était un véritable moulin à parole. Elle raconta à Clara tous les souvenirs qu'elle avait gardés de sa mère et cela lui fit du bien. Tout comme le récit de son père, expliquant ce qu'il s'était réellement passé l'avait soulagée. La boule qu'elle avait depuis tant d'années au ventre et avec laquelle elle avait appris à vivre, commençait à s'estomper. Contrairement à Clara qui avait posé la question à son frère, Louise ne se demanda pas si sa mère avait fait ou pas le bon choix. Non, elle respectait sa décision et ne la commenta jamais.

Clara était heureuse de voir son amie égale du matin au soir, souriante et radieuse, sans plus aucun moment triste venant interrompre ces moments de joie. Elle savait qu'il lui faudrait encore du temps pour s'en remettre complètement, mais elle était sur la bonne voie et son oreille bienfaisante était un trésor pour son amie.

Les journées de Guillaume étaient quant à elles bien remplies. Quand il travaillait, Marc le conduisait le matin à Saint-Gilles. Guillaume passait alors du temps avec les deux femmes, se rendait au club de plongée de Lucas puis ensuite assistait à ses cours de surf. Clara et Louise étaient en général présentes et purent admirer les progrès que Guillaume fit en peu de temps.

En ce vendredi après-midi, à la fin de la session de surf, Louise rejoignit Guillaume dans l'eau. Clara qui n'aimait pas vraiment l'eau fraiche resta sur sa serviette et les regardait rire de loin. Elle n'avait pas entendu Marc s'approcher. La plage était silencieuse, le soleil commençant à se coucher, les visiteurs avaient déjà rangé leurs affaires et étaient pour la plupart partis.

— Salut, dit Marc, en s'asseyant sur le sable à côté de Clara.

— Eh salut ! Alors, que penses-tu de ton élève ?

— Ton frère est épatant, il apprend très vite.

— Oui il a toujours été incroyable pour les choses qui le motivaient !

— Et tu n'as toujours pas envie d'essayer le surf ?

— Euh, tu sais, nous partons dans une semaine et je n'ai pas le talent de mon frère. Je pense que c'est trop tard maintenant.

— Bon comme tu veux ! Tu sais, Guillaume m'a raconté ce qu'il s'est passé pour la mère de Louise.

— D'accord, il a bien fait. Je t'aurai mis au courant quoiqu'il en soit.

— Ce qu'elle a fait est une réelle preuve d'amour envers ses enfants.

— C'est ce que tu penses ?

— Oui.

— Alors, je suis soulagée.

Marc posa un regard tendre sur Clara et lui dit :

— Tu vas me manquer Clara Simon.

— Ah bon ? dit Clara surprise.

— Euh oui, pourquoi cette question ?

— Et bien, je ne sais pas pourquoi, enfin si je me doute, bafouilla Clara. Mais je ne m'y attendais pas, oui, voilà, c'est ça, je ne m'y attendais pas.

— Tu sais que nous manquons d'enquêteurs sur l'île, tu ne voudrais pas déposer ta candidature ?

— Qui moi ?! demanda Clara.

— Oui, il me semble que c'est grâce à toi que Louise et sa famille sont à présent soulagés et sereins.

— Oui, c'est vrai mais mes bouquins de littérature et les élèves me manqueraient trop.

— Tu me laisseras ton adresse de messagerie et ton numéro de téléphone avant de partir ?

— Oui avec plaisir, dit Clara posément.

— Tu as le projet de revenir rendre visite à Louise ?

— Oui, maintenant que nous nous sommes retrouvées, il est certain que nous ferons tout ce que nous pourrons pour nous voir régulièrement.

— Super, donc, je t'aurai un jour comme élève à mes cours de surf. C'est une bonne chose, dit Marc en se levant.

Clara le regarda s'éloigner. Cet homme ne lui était pas indifférent. Et même, il lui plaisait vraiment. Elle se sentit soudainement nostalgique. Il va me manquer aussi, pensa Clara. Nous verrons quels chemins prendront nos vies, mais peut-être qu'un jour, ils se rejoindront. En tout cas une chose est sûre, c'est que je ne mettrai jamais un pied sur une planche de surf ! Avaler de l'eau salée et se prendre des gamelles pendant une heure d'affilée, ce n'est pas pour moi !

23

Lundi 24 août, Louise fit sa rentrée.

Chaque matin, Clara se levait pour prendre le petit-déjeuner avec son amie. Puis quand Louise partait en voiture, elle rejoignait Guillaume sur le port et ils buvaient un café ensemble. Souvent Marc les accompagnait avant de se rendre à la gendarmerie.

Guillaume qui avait loué une voiture pour leur dernière semaine de vacances, la quittait et partait plusieurs heures de suite. Clara lui demandait à chaque fois où il se rendait mais son frère restait mystérieux.

Elle se rendait ensuite sur la plage, s'installait sur un transat puis préparait sa rentrée, les textes à étudier, les livres à analyser. Quand elle en avait assez de travailler, elle lisait. Elle adorait lire, au point que parfois, elle ne relevait la tête que lorsque Louise se penchait vers elle pour lui déposer un baiser sur le front.

Certains jours, elle se rendait au club de plongée de Lucas. Elle aidait à la préparation du matériel, aux inscriptions, à l'encaissement des règlements. Elle fut presque tentée de faire un nouveau baptême de plongée mais se ravisa.

Un midi, Paul la rejoignit pour un déjeuner sur la plage. Le pique-nique qu'il avait emporté fut un vrai régal. Ils discutèrent longuement. Clara remarqua à quel point cet homme avait souffert pendant toutes ces années. Le poids du secret qu'il gardait avait été pour lui un véritable fardeau, mais il l'avait fait par amour pour sa femme.

Deux jours avant leur départ, en début d'après-midi, alors qu'elle s'était presque assoupie en lisant son livre, Clara sursauta à l'arrivée de son frère.

— Salut sœurette ! lança Guillaume.

— Il n'y a vraiment que toi qui me fasses autant sursauter ! cria-t-elle. Que se passe-t-il ?

— Je dois te parler de quelque chose.

— Tu sembles bien sérieux, rien de grave j'espère ?

— Non, rien de grave je te rassure. Voilà, tu as dû t'apercevoir que me suis souvent absenté ces derniers jours.

— Euh oui, on ne peut pas dire le contraire. Au cas où j'aurais voulu profiter un peu de la présence de mon frère à mes côtés, et bien, je pouvais aller me rassoir !

— Oui, excuse-moi Clara, je n'ai pas été très présent.

— Alors, qu'as-tu fait ?

— J'ai cherché un travail.

— Tu as quoi ? cria Clara.

— J'ai postulé à un poste en informatique dans une entreprise bancaire et j'ai été pris. Je voulais que tu sois la première à apprendre la nouvelle.

— Je ne sais pas quoi dire, répondit Clara attristée. Je ne sais pas si je dois être heureuse pour toi ou malheureuse à l'idée de savoir que nous serons séparés par des milliers de kilomètres.

— J'adore cette île Clara et comme Martine l'a écrit à ses enfants, elle regorge de richesses immenses et je veux passer un peu de temps ici afin de les explorer.

— Très bien, c'est ton choix Guillaume, mais tu vas énormément me manquer.

— Eh ! Tu es prof Clara, et tu as des vacances plusieurs fois dans l'année. Tu viendras me voir à chaque fois. Je veillerai à prendre un appartement avec deux chambres d'amis, une pour toi et une autre pour maman. Et puis….

— Et puis…il y a Louise, reprit Clara en souriant. Tu l'apprécies. Ai-je bien deviné ?

— Oui, c'est vrai, tu as vu juste. Pour une fois, je n'ai pas envie de m'amuser. Je ne sais pas ce que l'avenir nous réserve mais je souhaite que nous ayons du temps pour mieux faire connaissance.

— Bon, alors si mon frère me quitte une partie de l'année pour apprendre à mieux connaître mon amie, la pilule est moins dure à avaler. Et quand commences-tu ton nouveau travail ?

— Dans trois mois. Je rentrerai avec toi vendredi et règlerai toutes les formalités avant mon départ. Je pense venir m'installer ici dans deux mois. Mon chef est déçu à l'idée de me voir quitter la société mais il comprend mon choix.

— Ca me laissera le temps de m'y faire moi-aussi.

— Tu te rends compte Clara ?

— De quoi ?

— En quelques semaines, tu as chamboulé la vie de tant de personnes, et tout cela car tu t'étais mise en tête de retrouver la clé de ta boîte.

— C'est vrai que cette clé est celle de plusieurs bonheurs, dit Clara en riant.

— Tu as retrouvé ton amie Louise, et tu lui as permis de connaître enfin la vérité sur la disparition de sa mère. Moi, je parlerais aussi de la clé de l'énigme. Tu as été époustouflante tant tu as fait preuve de persévérance et de motivation dans le but d'aider ton amie.

— Oui, c'est vrai qu'à un certain moment, je ne me suis presque plus reconnue.

— Tu as aussi permis à Lucas et à Léon de connaître cette même vérité, et tu as soulagé Paul d'un énorme poids qu'il devait jusqu'à présent porter seul.

— C'est vrai, tu as raison, Paul est lui aussi serein à présent.

— Et moi Clara ! Et moi ! Tu m'as proposé de participer à ton voyage et aujourd'hui, je m'éclate à plonger ou à surfer ! Je n'ai qu'une envie, c'est explorer à fond cette île magnifique. Et pour la première fois de ma vie, j'ai rencontré une femme avec qui j'envisage des projets romantiques. Oui, tu entends bien, romantiques !

Clara se mit à rire. Elle ne s'était pas rendu compte que tant d'évènements s'étaient produits depuis l'ouverture de sa boîte. Elle se mit à réfléchir. Et à elle, est-ce que cette clé lui avait apporté du bonheur ?

C'est certain que oui. Elle avait voyagé puis retrouvé son amie qu'elle avait tant aimée. Elle avait participé au bonheur de Louise et de son frère Guillaume. Elle qui ressemblait à une horrible sorcière mélangé à un ermite il y a quelques semaines, était à présent rayonnante, heureuse et épanouie. Elle qui avait eu tant de mal à boucler ses derniers cours tant la douleur du départ de l'ex Marc l'avait affligée, ne s'était même pas aperçue que sa rentrée était parfaitement préparée, tant elle l'avait fait avec entrain et motivation. Le fait d'avoir mis toute son énergie à trouver ce qui s'était réellement passé le 9 juillet 1999, l'avait complètement ressourcée.

Oui, cette clé trouvée marqua le début de changements heureux dans sa vie également.

Et elle savait que cela n'était qu'un début.

Guillaume lui proposa d'inviter le lendemain soir, veille de leur départ, Louise et Marc à dîner dans le premier restaurant qu'ils avaient découvert ensemble.

Clara trouva l'idée excellente. Et elle avait hâte de voir la tête de Louise quand Guillaume leur annoncerait qu'il allait venir s'installer sur l'île !

24

— Louise, pourras-tu m'aider à trouver un appartement ? demanda Guillaume.

— Mais bien sûr ! Je t'enverrai les annonces par messagerie, et dès que tu en trouveras certaines intéressantes, je me chargerai des premières visites ! Je n'en reviens pas ! Mais j'y pense, dit Louise en se tournant vers Clara d'un regard interrogateur. Pourquoi ne demanderais-tu pas ta mutation sur l'île ?! Ce serait tellement merveilleux !

Clara avoua que l'idée lui trottait dans la tête depuis quelques jours.

— Je me sens bien ici, dit-elle. Et maintenant que je sais que mon frère va venir s'y installer, l'idée ne trotte plus mais galope !

— Tu vas faire ta demande de mutation ? demanda Louise en retenant son souffle dans l'attente de la réponse.

— Oui ! lança Clara.

Louise sauta sur ses pieds et serra son amie dans ses bras. Guillaume leva son verre de punch et lança :

— A nos bonheurs à chacun !

Et tous levèrent leurs verres et trinquèrent.

— Tu es incroyable sœurette, dit Guillaume à Clara, doucement dans son oreille.

— Si tu crois que tu allais profiter de cette vie paradisiaque sans moi, tu te trompais, dit Clara doucement, le sourire aux lèvres.

Le dîner terminé, Louise proposa à Guillaume de le ramener à son appartement, prétextant devoir bien comprendre ce qu'il souhaitait trouver comme logement.

Clara et Marc se retrouvèrent seuls à table.

— La soirée fut très agréable, dit Marc, et pleine de rebondissements !

— Oui, c'est vrai. De beaux projets ont commencé à naître et d'autres poussent à la porte.

— Je vais donc avoir la joie de te voir à mes cours de surf ! dit Marc en souriant.

Ah ce sourire, pensa Clara.

— Bon d'accord, soupira Clara, je te promets d'essayer une session pendant les vacances de la Toussaint. Euh, tu seras là ?

— Et comment ! Je viendrai même te chercher à l'aéroport avec Louise et Guillaume !

— J'ai hâte d'y être.

— Moi aussi.

— Toi aussi tu vas me manquer Marc Coutelin.

— J'en suis heureux.

Clara et Guillaume attendaient assis dans la salle d'embarquement que l'avion soit prêt à décoller. Louise et Marc les avaient accompagnés à l'aéroport. Ce ne furent pas des adieux déchirants qui eurent lieu mais des au revoir plein d'espoir.

— Maman va être heureuse de nous retrouver, dit Clara.

— Oui, nous en avons des choses à lui raconter !

— J'espère qu'elle acceptera de venir nous voir de temps en temps, enfin, quand je serai installée également sur l'île.

— As-tu remarqué quelque chose d'incroyable sœurette ?

— De quoi parles-tu ?

— Depuis que nous sommes arrivés sur cette île, ta mémoire ne t'a jamais fait défaut. J'ai même été impressionné par le temps que tu as mis à trouver ton billet et ton passeport, allez, une minute et pas une seconde de plus !

— Mais c'est vrai ! Je ne m'en étais pas rendu compte ! Finalement, je vis très bien avec une mémoire qui ne flanche pas !

— Un petit bonheur de plus !

— Oui, encore un. Je suis vraiment heureuse d'avoir eu le courage de trouver cette clé.

— Et moi donc !

9092944R00141

Printed in Germany
by Amazon Distribution
GmbH, Leipzig